*El jardinero, el escultor y el fugitivo*

# El jardinero, el escultor y el fugitivo

## CÉSAR AIRA

LITERATURA RANDOM HOUSE

Penguin
Random House
Grupo Editorial

Primera edición: febrero de 2022

© 2022, César Aira
© 2022, Penguin Random House Grupo Editorial, S. A. U.
Travessera de Gràcia, 47-49. 08021 Barcelona

Printed in Spain – Impreso en España

ISBN: 978-84-397-3955-5
Depósito legal: B-18.908-2021

Compuesto en La Nueva Edimac, S. L.
Impreso en Unigraf (Móstoles,Madrid)

RH39555

# ÍNDICE

# EL JARDINERO

«Desde siempre los hombres han encontrado formas reconocibles en las nubes, figuras aproximadas, aunque el que las reconocía no siempre hallaba consenso en los demás, y si quería que compartieran su visión debía describirla señalando con el dedo: eso es la cabeza, por ahí sigue el cuerpo, ésa es la cola... ¿no lo ven? Un Cocodrilo. Y los otros, lejos de mostrarse convencidos: no, es un barco. O: es una taza de té con un platito. Es un hombre, un Hércules con la maza. Es un zapato. Podía ser cualquier cosa. La realidad siempre es figurativa, desciende de las nubes, se derrama sobre el mundo como el sueño se derrama sobre la vigilia. Es una nube. Es el bello ser flotante que no tiene prisa, el fantasma de todo lo demás, la cosa que no es una cosa, hecha de ilusión. En su lentitud, es el instante. El registro sublime de la pérdida de tiempo.

»Lo que nadie sabía era que estaban viendo el reverso de las formas de las nubes. Del lado de arriba, invisible desde tierra, estaban las verdaderas figuras que formaban, y con ellas no había dudas ni discusiones porque su acabado era perfecto, hasta el menor detalle. Si era un cocodrilo, cada escama de su cuerpo terrible, y cada diente visible en la boca entreabierta. Si un galeón, su mascarón de proa, el castillo de popa, las velas hinchadas. ¿Un bebé durmiendo? Las formas divinamente redondeadas de sus pequeños miembros, las manitos regordetas, y hasta la sensación de paz que sólo a esa tierna edad se le concede al hombre. Y no se quedaba ahí: un gran nubarrón, de los que cubren todo el cielo, informe y oscuro, del lado de arriba es una ciudad blanquísima completa con sus casas, iglesias, plazas con palmeras, calles y monumentos. Todo en el blanco más brillante, el rayo del Sol sin obstáculos encendiendo cada diminuta gota de vapor, un mármol impalpable. Un perrito de un kilómetro de largo. Un piano que nunca sonará. Un soldado que no matará a nadie.

»Lo que se veía desde tierra era la espalda sin desbastar de esas maravillas, como si el artista divino hubiera tomado su material por el lado luminoso y hubiera dejado el otro lado como estaba. No pensó en el público que podía admirar su maestría, como el verdadero artista que honra a su arte sin buscar el aplauso o la recompensa. Salvo que ese artistas no existía, con lo que el corolario sería que el artista verdadero no existe. El artista existente siempre tiene algo de falso artista en la aleación que lo constituye.

»En cuanto a los hombres, los que alzaban la vista al cielo y descubrían formas aproximativas en las nubes, deformes, informes, creían que ahí tenían toda la poesía y la belleza que podía ofrecerles la Naturaleza. Se conformaban, por ignorancia, y las encontraban bellas, inspiradoras, hasta maravillosas. Eso cambió en el siglo xx con el advenimiento de la aviación. Cuando los primeros aeroplanos se remontaron por encima de las nubes, la sorpresa fue inmensa. Los aviadores pioneros trajeron relatos que en un primero momento chocaron con un muro de incredulidad y se adjudicaron al delirio provocado por el enrarecimiento de oxígeno en la altura. Pero la coincidencia de testimonios en diversas partes del mundo, y pronto la existencia de fotografías, fue agrietando ese muro. ¿Serían trucadas las fotos? No, no se podía trucar tanto. Y además, ¿por qué mentirían? La acumulación de pruebas fue venciendo a las dudas.

»En esos primeros de la conquista del aire eran pocos los que se atrevían a montar los frágiles biplanos, pero la curiosidad hizo que cada vez hubiera más, y aumentara la presión sobre la industria aeronáutica. Ésa es la explicación de la velocidad con que se desarrolló la aviación; los avances se sucedían tan rápido que tropezaban con el siguiente. Todos querían volar. El miedo al avión fue vencido. La humanidad supo que sólo entonces empezaban a ver la belleza de la representación, y que todos los seres y las cosas que habitaban el mundo también estaban allá arriba, del otro lado, gigantes y flotantes, blancos y perfectos. En cuanto a lo que veían desde el suelo, las viejas nubes sin forma que los habían acompañado desde siempre, no perdieron su encanto, al contrario: al saber que eran el soporte de las verdaderas maravillas, les dirigían una mirada de complicidad, y de nostalgia, quizás sintiéndose hermanados, porque los humanos también somos la faz informe y sin desbastar de algo realmente bueno.»


En ese punto enrosqué el capuchón de la lapicera y lo di por terminado. Un borrador, por supuesto. Aceptaba, y exigía, múltiples correcciones, pulidos, sobre todo aclaraciones. Al ser algo de índole tan visual se necesitaba afinar al máximo el aspecto evocador, sin caer en un descriptivismo machacón. Es el problema que enfrento con más frecuencia cuando escribo, culpa de imaginármelo demasiado bien. Como todos los miopes, tengo un cine interior de alta definición. Compenso lo que no veo afuera con el microscopio de adentro. Pero, como digo, lo di por terminado sin más, en calidad de borrador, aunque en el fondo sabía que no iba a volver sobre él. En general he notado que cuando me decido a corregir, logro una mejora. Pero me pregunto si a alguien le importa, y si no será mejor emplear ese tiempo y ese trabajo en escribir algo nuevo. Porque la imperfección de lo espontáneo, la frescura de lo recién nacido del cerebro, todavía envuelto en las placentas del sueño, tiene valor documental, registro o mapa de los paisajes interiores del autor.

Todas esas consideraciones, y otras que podría hacer sobre lo terminado y lo interminable en la escritura literaria, eran secundarias respecto del motivo por el que estaba juntando las hojas y saliendo a mostrárselas a mi jardinero. Él era mi primer lector, y en buena medida la anticipación de su lectura era lo que alimentaba en mí el gusto de escribir. Habíamos constituido esta curiosa sociedad informal hacía ya un buen tiempo. Empezó por un hecho casual. Yo había escrito algo con plantas, y lo sometí a su saber y experiencia en la materia. Su escucha me bañó como un bálsamo de oro. No pude resistirme al encanto que me devolvía, y desde ese día la rutina quedó establecida. Salí del bloqueo que venía sufriendo desde hacía tiempo, empezaron a surgir textos como éste de las nubes, uno por día, ya a la mañana, ya a la tarde, según me viniera la inspiración, y corría a que lo leyera el jardinero. No sólo el bloqueo quedó atrás: con él se fueron las dudas, los temores, la horrible autocrítica. La escritura abrió las alas y despegó. Cada día, invierno y verano, con lluvia o con Sol, mi pluma producía algo.

No le había hablado a mis amigos escritores de este pacto, que a primera vista parece extraño, sobre todo por el tipo de literatura que yo practico, no realista, con guiños metaliterarios, la clase de literatura que parece dirigirse exclusivamente a otros escritores. Pero ahí justamente estuvo lo que me enganchó: la lectura del jardinero me mostró otro aspecto de mi obra, esa vía directa a la imaginación que no pasa por la formación letrada. Es probable que él hubiera desarrollado una sensibilidad especial al crecimiento y desarrollo de las plantas, a su alimentación de humedad y nutrientes del suelo, y la transportara intuitivamente a la narración literaria, al nacimiento y desarrollo de un texto. En fin, fue eso o una de las simpatías inexplicables que se dan sólo porque uno es quien es y el otro es quien es. No sé qué habría sido de mí sin él, mi carrera habría quedado trunca. En mi biografía, apareció en el momento justo en el lugar indicado.

El lugar era el jardín de mi casa, vasto espacio verde de rincones sombreados, viejos árboles, canteros de flores, senderos que parecían seguir por siempre, reino de belleza y serenidad, en el que mis textos, así me gustaba pensarlo, eran otras tantas flores que se abrían. El jardinero era el rey de este reino, sobre el que ejercía una potestad no compartida. Más de una vez le ofrecí ponerle asistentes que hicieran los trabajos más pesados; no aceptó, y no presioné por temor a que pensara que por su edad yo no lo consideraba apto para el trabajo. En efecto, no era joven, pero su vitalidad compensaba la disminución de fuerzas, si es que había tal disminución. Su trabajo era más intelectual que físico (en eso nos parecíamos): un jardín, una vez puesto en marcha, sólo requiere algún ajuste delicado aquí y allá, una sabia vigilancia, comprensión de sus procesos.

Uno de los mejores momentos de mi jornada, si no el mejor, era el de salir de mi estudio por las puertas vidriadas, con el manuscrito en la mano, a buscarlo. Era como salir de un mundo y entrar a otro, que me recibía sin la agresividad mundana que sentimos habitualmente los escritores cuando nos extraemos de golpe del abrigado capullo de la fantasía. El jardín tenía algo de cámara de descompresión. Y el camino que hacía para encontrar a su demiurgo estaba lleno de sorpresas. Porque los cambios eran constantes, de un día para otro. El jardín estaba vivo, como lo estaban los macizos de flores, los árboles, los pájaros. No quiero abusar de las analogías, pero sentía que la vitalidad de las plantas mantenía viva mi creatividad. A mi edad, y después de todo lo que había escrito, que siguiera haciéndolo todos los días tenía algo de milagroso. Lo sentí especialmente en esa ocasión, con las nubes todavía en la cabeza.

Pero no había dado más que unos pasos en el reino encantado cuando me detuve en seco, como herido por un rayo. La metáfora no es excesiva. El recuerdo que sobrevenía después de un inexplicable olvido me hería de verdad. El jardinero no estaba disponible. Estaba, y a la vez no estaba. Yo lo sabía, porque la situación, si bien reciente, ya tenía su historia, y la conocía bien. De hecho no se había apartado de mi conciencia en los últimos días. ¿Cómo había podido olvidarlo? La única explicación estaba en una felicidad más fuerte, la de la escritura, que me había asaltado en forma de nubes, me transportó y me hizo creer que todo seguía igual.

¡Y vaya si no seguía igual! El jardinero había sufrido un cambio radical. De un día para otro, sin un motivo que yo pudiera discernir, se había deprimido. Su alegría se apagó, su sonrisa dio paso a un rictus de tristeza, la voz se le hizo un susurro con el que apenas si emitía un monosílabo desganado. No era una actuación, no podía serlo, nadie era tan buen actor, menos él. Con sólo acercarse se sentía una melancolía mortal, un oscuro vacío, como si toda su vitalidad hubiera sido succionada por un poder superior. Había quedado hecho un despojo, una cáscara de hombre habitado por el sufrimiento de vivir.

El contraste con lo que había sido era llamativo al grado máximo. Ese hombre había sido un parangón de alegría.

Yo había dado por sentado que debía ser así. ¿Qué otra cosa que el optimismo correspondía cuando se trabajaba con el prodigio de la Naturaleza, con las flores y los frutos, el aire, el agua, la luz…? Su voz misma, con los armónicos del hombre de pueblo, seguía resonando en mis oídos, cuando sabía que lo buscaba, y me guiaba con un saludo risueño, «¡Por aquí, don César, no se me vaya a perder!». Y allí iba yo, sorteando los setos, haciendo caso omiso del espinillo florecido, en la prisa por darle a leer «mi última producción en bata», como la llamaba en broma, aludiendo a las ocasiones, frecuentes, en que madrugaba con una de esas ideas urgentes que me exigían ponerme a escribir sin darme tiempo a vestirme.

Todo eso había terminado abruptamente, y era un duro golpe para mí. No quiero decir que no lo fuera para él también, y más que para mí. Después de todo, yo sólo perdía un rito cotidiano, salvo que no era tan poco porque en él estaba implicado algo tan importante como mi trabajo literario. Importante para mí, lo repito, sólo para mí. El mundo podía pasarse sin mis invenciones. Él había perdido la alegría, quizás las ganas de vivir, parecía sumido en una angustia sin remedio. Lo compadecía, pero desde la otra orilla, sin entender. Aunque había oído hablar mucho de la depresión, y sabía de casos que habían afectado a conocidos o parientes, no me era fácil concebirla. No podía visualizar las fuerzas destructivas que hacían presa de un hombre y lo oscurecían y silenciaban. Me desconcertaba sobre todo el cambio en el jardinero, porque lo había conocido como una fuente de luz.

¿Qué le había pasado? Por lo que pude averiguar no había habido ninguna desgracia en su familia ni en su salud física. No era por la edad, porque si bien envejecer es una causa muy plausible de depresión, no actúa tan de golpe; es la causa paulatina por definición. En realidad, sabía poco de él. Lo había visto por el lado funcional, no por el de la humanidad. Primero como jardinero que había transformado en un plano de ensueño lo que antes era un terreno erial, después como lector que me había dado un suplemento de vida útil con la lapicera, cuando ya creía que me había llegado la hora del retiro. Pero, como todos los hombres, detrás de la función estaba el hombre, y éste era el que había sido herido. De él sabía poco y nada. Precisamente, su alegría, su risa, su identificación con lo más colorido y feliz del jardín (que además era lo que me había estimulado en mi escritura) había hecho de pantalla para ocultar su vida personal.

Ni pensar en darle a leer nada. Seguía con el manuscrito de las nubes en las manos, los pies enfriándose en las pantuflas (había dado unos pasos en el césped del jardín, y el rocío se hacía sentir), la bata entreabierta sobre el pijama. Mis castillos en el aire se deshacían, mi confianza en ellos también, como una credulidad infantil bajo la acción del ácido de la dura realidad. Se volvían patéticos. ¿A quién podía importarle una fantasía de nubes sin relación alguna con los problemas, las dichas y las penas, del hombre real en la sociedad real? ¿Quién se lo podía tomar en serio? Si yo escribía con el pensamiento puesto en un jardinero que, él también, vivía en un mundo aparte, su desaparición me dejaba desnudo ante la seriedad mortal que la humanidad compartía. Sentí subir una ola de desaliento, que detuve alarmado porque la conocía. Me decidí a resistir. Si vivía en un engaño debía preservarlo porque era lo único que tenía para seguir viviendo.

Metí los papeles en el bolsillo de la bata hechos un bollo, y entré en uno cualquiera de los senderos que iban al corazón del jardín. En silencio, con pasos vacilantes porque no sabía si quería ir o no. No me servía de nada ir a ver a un hombre que no tenía ganas de hablar, con el que no tendría ninguna comunicación. La inercia me llevó de todos modos. No tenía otra cosa que hacer. Esto último sonaba ominoso: ¿no me habría cavado mi propia tumba de inactividad, por dejar que mi trabajo dependiera del estado anímico de otro? Ya estaba en los abovedados de cedro, el silencio era profundo. No oiría los alegres «Por aquí» que antes me guiaban. Ni esperaba sus risas cuando me viera, y sus exclamaciones, «¡A la mierda don César, ya se escribió otro cuentito!».

Había que reconocer que seguía ganándose el sueldo, fiel a sus plantas desde el amanecer, aunque el amanecer a esta altura ya no significaba nada para él, porque su noche interna era permanente. Di unos pasos entre los macizos para ir a su encuentro, pero no los di, o los di sin darlos. Quién hubiera dicho que iba a llegar el día en que preferiría no verlo, cuando era lo primero que quería ver todas las mañanas. Temí que la imagen de la inanidad anímica se me pegara y me la llevara conmigo, como una placa de fantasma. Yo sabía lo que vería. El dolor de vivir le crecía como una barba por todo el cuerpo. Un animal moribundo, que no pudiera expresar su estado más que muriéndose, no habría producido una impresión más fuerte. Además, aunque quisiera no lo encontraría: era él el que me encontraba a mí, en sus dédalos verdes.

Quedé en impasse. En realidad estaba en ella desde hacía varios días, cuando empezó el proceso de la depresión del jardinero. Esa mañana había tenido un momentáneo olvido del que era responsable la inspiración de las nubes. Qué poco había durado. Y no creía que pudiera contar en el futuro inmediato con otros olvidos parecidos. El problema ya había calado hondo y me ocupaba por entero. Entre las dudas que se habían suscitado en mi cabeza, sobresalía una. ¿Debía sentirme culpable? El hombre había estado muchos años a mi servicio, era parte de mi vida y la de mi familia. Todos lo queríamos, nos había enriquecido la vida rodeándonos de belleza. A propósito: cuando comenté con mi esposa e hijos el cambio que había sufrido, me llevé la sorpresa de que ellos no habían notado nada. Lo veían como siempre, y me daban pruebas, habían estado charlando con él, lo habían acompañado mientras cambiaba de color los tulipanes... Quedé atónito, tan patente era para mí. Y me constaba que lo veían y hablaban todos los días. Mi esposa, gran aficionada a las plantas, pasaba horas charlando con él, discutiendo nuevas adquisiciones o disposiciones, cortando bajo su dirección las flores para los ramos que adornaban los cuartos de la casa. Y los chicos andaban en bicicleta por los senderos que les había creado especialmente, lo saludaban con risas a cada pasada. ¿Cómo podían no notarlo? Quizás la respuesta era otra pregunta: ¿cómo había podido notarlo yo? Quizás porque nosotros habíamos establecido una relación especial, atravesada por la literatura. Y estaba mi sensibilidad de artista, mis antenas que vibraban al menor estímulo.

Éste no había sido menor. De hecho, no habría podido ser mayor porque estaba en juego mi literatura, que era lo que justificaba mi presencia en el mundo. Sin querer queriendo había dejado crear un lazo de dependencia, y con la oquedad que se había abierto en el estado de ánimo de mi socius corría peligro de quedar colgado sobre la nada y cayendo en ella. Es cierto que lo que podía perder no era la vida sino apenas la vida de escritor. Y en mi caso ésta, todos me lo decían, estaba consolidada. Con todo lo que había escrito en mi juventud podía darme por satisfecho; como cualquiera sabe, con la edad disminuyen las facultades, la calidad del producto se resiente, y sufre el prestigio tan duramente ganado. Este argumento me parecía mezquino. Yo seguiría escribiendo. No veía razón para privarme de ese placentero pasatiempo. En todo caso, si salía muy mal, podía abstenerme de publicarlo.

Pero ¿podía seguir realmente, sin la irradiación de felicidad que provenía de mi jardinero? A cierta edad, las cosas penden de un hilo. Podía buscar otros estímulos, la bebida, las drogas, la frecuentación de colegas escritores, los auxilios convencionales de los que me había apartado desde que se iniciaran las tenidas matutinas. La perspectiva me desalentaba de antemano; había probado el fruto del jardín, y sería un anticlímax volver a la sordidez del mundo literario. O bien podía buscar dentro de mí la fuerza y los recursos para seguir escribiendo. Pero dentro de mí no había nada. Había un vacío. Me había objetivado en el contenido de mis fábulas, sin dejar resto alguno que me pudiera servir.

El remanido «ya se le pasará» no tenía curso legal en la emergencia. A nuestra edad ya no hay episodios pasajeros. Sólo los jóvenes se renuevan cada mañana, lo que tiene algo de injusticia porque justamente ellos no necesitan ninguna renovación. En nosotros todo tiende a lo definitivo. Pero una intervención no parecía imposible. Si el jardinero había pasado de las altas brisas de la alegría a las negras cavernas de la acedia, también podía hacer el camino de vuelta, siempre que contara con un guía.

En ese punto me cayó la ficha: el Virgilio en cuestión tendría que ser yo. No había otro. Con mi responsabilidad como empleador podía disimular el interés personal que me iba en el asunto. Claro que no sabía nada de las causas y concomitantes médicos y psiquiátricos de la depresión; quizás era una ventaja; la ciencia se contradice, los psicólogos son unos charlatanes; yo podía aportar un enfoque nuevo, desprejuiciado y ajustado a las necesidades de mi único paciente.

Estaba enfrentando a un enemigo poderoso: nada menos que la angustia, la desesperación, el dolor de vivir. Otros podían estar acostumbrados, para mí era nuevo. Siempre había vivido en esa atmósfera de frivolidad irresponsable que propicia el dadaísmo. No sabía ponerme serio, y esa ignorancia hacía peligrar, de entrada, mi iniciativa. Si encaraba esta aventura como un sueño más de los que amueblaban mi espacio mental, no tendría efecto sobre la realidad. Y si de veras me metía con la realidad, podía crearme problemas. Vacilé. Mi resolución flaqueaba. Era jugar con fuego, eso está de más decirlo. Pero la alternativa era el hielo del remordimiento eterno. Tenía ante mí una ocasión cortada a medida para probar mis recursos. Además, me sacaba de mi sedentarismo, que ya empezaba a tener rasgos de senectud. Ésta sería mi última aventura. Había tenido otras en mi juventud. Desde que me había asentado, con mi mujer y mis hijos en esa gran casa con jardín, había creído llegar a puerto. Basta de viajes y descubrimientos. Ya había acumulado toda la experiencia que necesitaba. El jardín sobre todo, con su jardinero en el centro, me proporcionaba una segunda juventud, y el desarrollo creativo que resultó de mi asociación con ese hombre maravilloso me dio la razón.

Aunque esa segunda juventud, ¿no era en realidad una segunda infancia? Haciendo un balance de estos últimos años, tanto en lo vivido como en lo escrito, asomaba la sospecha de que me había entregado a ese simulacro de felicidad que es el conformismo burgués. Cosa que se reflejaba en lo que había escrito entretanto: textos breves, que no tenían más objeto que agradar, como si lo único que hubiera en la literatura fuera la calidad. ¿No se cerraba así un círculo de esterilidad?

La depresión del jardinero quizás había venido en el momento justo para sacarme de las ensoñaciones vacías que son el mayor peligro que acecha al escritor. Yo no sabía nada de la depresión, de la angustia, del dolor de vivir. Qué iba a saber. Mi escuela fue el surrealismo, esa banda de juerguistas felices. Quiero decir, sabía lo que era, pero desde afuera, como espectador sólo a medias atento o interesado. Lo había visto en otros, incluso en casos extremos de suicidio o autodestrucción, pero había pasado de largo. No me concernía. Ni siquiera me servía como inspiración temática porque no es lo mío, que es la luz. Siento un invencible rechazo por lo oscuro en literatura (en cine y en pintura también), lo penoso, los problemas. Por el realismo, en suma. Es a medias una preferencia literaria y un rasgo de carácter, lo primero dependiente de lo segundo (aunque no estoy tan seguro, a tal punto la literatura me constituye).

Pero siempre es enriquecedor entrar en un dominio ajeno. Y como nunca me negué a la riqueza, la decisión estaba tomada. Anexa a ella estaba la de hacer todo lo contrario de lo que había hecho siempre. Siempre fui postergador. Nunca me preocupé mucho por serlo, ya que es un rasgo propio de la literatura, esa vieja fisgona que se la pasa abriendo agujeros en el tiempo. Pues bien, esta vez no postergaría nada. Me puse en acción así como estaba, sin demorarme ni siquiera en vestirme. Si no había tenido escrúpulos en ser un escritor en bata, bien podía ser un aventurero en bata. Le daba un toque original a la empresa, entre onírico y doméstico. Los caballeros que se internaban en el bosque tenebroso al rescate de la doncella raptada por el ogro revestían la armadura de acero; yo no temía lanzas ni espadas; si algo debía temer era asaltos psíquicos, y para ellos ninguna coraza mejor que mi vieja bata, compañera inseparable de tantas aventuras de la imaginación.

Me interné, no en el bosque tenebroso ni en el desierto de la sed ni en las montañas de la locura, sino en el jardín de mi casa. Parece un anticlímax, pero ya dije que lo iba a hacer a mi manera. Después de recorrer el mundo entero como lo hice llamado por mis traductores, el viaje perdió atractivo para mí. La vida de familia en la casa que siempre había soñado me bastó: en ella encontraba toda la inspiración y hasta la variedad que necesitaba para alimentar mi escritura. Además, no habría sabido adónde ir en busca de la cura de la depresión. El jardín era la elección correcta, según un razonamiento por demás simple: si el jardinero se había infectado entre sus plantas, y no podía ser en otro lugar porque no las abandonaba de la mañana a la noche, entre ellas debía estar la semilla del Mal. Esto último es una metáfora. No se trata de ninguna semilla propiamente dicha, como las que desafían la paciencia cuando uno come sandía, sino de algo que podía tener cualquier forma, si es que tenía alguna y no era, por ejemplo, uno de esos aromas neurotóxicos. Ésta fue la primera precaución que formulé: cuidarme de las metáforas, tan insidiosas cuando se proponen extraviar el pensamiento. De nada debía cuidarme más; mi profesión de escritor me hacía especialmente vulnerable; por poca confianza que le diera a las metáforas, terminaría alternando con fantasmas, espectros de cosas, signos falaces, cuando lo que me había propuesto, por una vez, era transformar la realidad, no los sueños.

El jardín era muy grande, grande de verdad. Cuando buscábamos casa, mi esposa había puesto objeciones a ésta en razón justamente de la extensión del terreno, ya entonces densamente arbolado, pero agreste por lo demás. Después me agradeció mi insistencia. Yo insistí por las posibilidades que ofrecía esa extensión salvaje, que excitaba mi fantasía en contraste con los mezquinos patiecitos embaldosados que nos mostraban los agentes inmobiliarios. Pero hacer un jardín de ese espacio parecía una tarea titánica. Diez hombres trabajando durante un año no llegarían más que a desmalezar y trazar las primeras borduras, calculamos. Por una recomendación que no sé de dónde vino, contratamos a un jardinero, que fue el jardinero que quedó, el de marras. La idea era que nos asesorara sobre la cantidad de personal que se necesitaba, y los costos en materiales y viveros. Nos sorprendió diciendo que podía arreglárselas solo. Desconfiamos, pero lo dejamos hacer. Hicimos bien, porque en un año teníamos jardín. Lo vimos crecer, florecer, volverse un edén de color y perfumes, los jarrones de la casa estaban colmados todo el año, las fuentes, pérgolas y bancos que se fueron agregando lo volvieron una extensión de la casa para tardes de lectura, paseos a la luz de la Luna y comidas afuera.

A pesar de los años transcurridos, su topografía seguía conservando algo de misterio para mí. Mi oficio de escritor me ha hecho vivir en las nubes, los lugares que piso nunca son los mismos, los transforma la sublime distracción de la poesía. Y el jardín ponía lo suyo, con sus meandros y revueltas. Me perdía en los senderos, creía estar en uno y estaba en otro. Cuántas veces, extraviado, tuve que sentarme a esperar que una voz familiar me sugiriera una dirección.

Esto pasaba en los primeros tiempos. Después no mejoró, sino al contrario. Porque desde que se estableció mi acuerdo tácito con el jardinero, no fui más lejos de donde estaba él, que a esa hora de la mañana seguía en los canteros más próximos a la casa. Cada vez más comprometido con mi trabajo de escritor, me olvidé del jardín, que había sido el orgullo de la propiedad. Escribir fue mi vida, el centro y motor. Cuando ya lo había escrito todo y me instalaba en mi paraíso particular para gozar de la calma de mis últimos años, hubo una inesperada continuidad: seguí escribiendo. Al contemplar objetivamente la situación me di cuenta de que no tenía motivos para esperar otra cosa: si había escrito toda la vida, ¿qué razón podía tener para dejar de hacerlo? Dejar habría sido lo anormal. Y dado que cuando uno escribe no hace prácticamente otra cosa, perdí bastante contacto con la realidad, de la que el jardín era la joya principal. Cuando mi esposa me hablaba de los lechos de rosas o los pendientes de peladillas, no sabía de qué se trataba. Había dejado crecer lo desconocido.

En fin. Vuelvo al relato. Entré por uno de los senderos que se abrían invitantes frente a mí. No elegí uno en particular, sin pensar me metí en el que tenía más cerca, y en cierto modo así quedó decidido mi modo de conducirme: a golpes de circunstancia, desembarazado del pensamiento, como el que entra al cine sin mirar el programa. Por supuesto, era más fácil decirlo que hacerlo. A mí el pensamiento me acompañaba como un íncubo insistente, un loro, el relato detallado, toma por toma, de la película que voy a ver y de la que me arruina la sorpresa y el disfrute. Pero al menos podía resistirme. Mi formación y práctica en los procedimientos derivados del dadaísmo me daba elementos que podía poner en juego.

Los aromas que me asaltaron, la fresca sombra verde, lo mullido, me hicieron sentir la soledad. Caí en la cuenta de que estaba abandonando la atmósfera que había respirado siempre, que era la del tardomodernismo, a la que estaban adaptados mis pulmones culturales. El cambio se hacía sentir al verme solo entre plantas, porque mi labor fuera del jardín era parte de una construcción colectiva, a la que le estaba dando la espalda. Cientos, miles de nombres de escritores, artistas, músicos, habían estado girando a mi alrededor en cintas ondulantes, algunos escritos en letras más grandes, otros más chicas, algunos, de los que apenas si ejercieron una influencia imperceptible u olvidada en mí, en letra minúscula que había que leer con lupa. Ese panteón flotante era la prótesis sin la cual no creía poder hacer nada. Y sin embargo ahora me lo sacaba de encima como quien espanta las moscas. Me aterró mi osadía. Del tardomodernismo a la Naturaleza de un salto, sin preparar la transición, como el que se zambulle vestido en la Fuente de los Deseos.

De lo que vengo diciendo habrá podido deducirse que estaba acostumbrado a enfrentar las distintas facetas de ese prisma helado que es lo Imposible. No conocía otra superficie que ésa, el espejo imperturbable. Pero esta vez era distinto, la Naturaleza me ofrecía un plano sin reflejos. La prueba de que podía hacerlo era que lo estaba haciendo. Aunque… Por un momento dudé. ¿No sería una fantasía más? Miré a mi alrededor. Las enredaderas caían en cascadas superpuestas, los haces de luz que se colaban por las copas de los árboles les daban brillos rojizos a las hojas. Pisaba un pedregullo blanco que crujía bajo mis pantuflas. No sabía adónde conducía el sendero pero seguí adelante, tratando de prestar atención. Salir de la distracción no es tan fácil. Se lo suele asimilar al despertar del sueño. Es una comparación engañosa. En la vigilia no hay un despertar, eso ha quedado atrás. De una distracción por lo general se pasa a otra distracción.

Y allí estaba yo. Un caminito a la derecha me tentó, pero resistí y seguí adelante. Otro a la izquierda, lo mismo. Veía la luz al final del túnel. Salí a una amplia rotonda en cuyo centro estaban los columpios, el tobogán y el subibaja. A un costado, el banco verde de madera. Cuántas horas había pasado sentado en él cuando mis hijos eran más chicos y los traía aquí a jugar. Ahora preferían la bicicleta, las carreras, que yo alentaba para que no se pasaran el día frente a la pantalla de sus videojuegos. Estos viejos aparatos estaban despintados por las lluvias, corroídos, con musgos y babosas. Habría que pensar en sacarlos, ya que no se usaban, y reemplazarlos ya por una fuente, ya por un complejo escultórico.

Me acerqué al banco y volví la vista atrás. No se veía la casa, como recordaba que la veía cuando traía a los chicos. Los árboles habían crecido en estos pocos años, el follaje se había espesado. Pero seguía estando cerca, tanto físicamente (no había hecho más que veinte metros) como subjetivamente. Seguía en el radio psíquico de la casa, de mi escritorio, de la lapicera. Si quería hacer frente al monstruo de la depresión debía arriesgarme a ir a la zona desconocida. Mientras me mantuviera en terreno conocido no la encontraría, por la simple razón de que ahí no estaba y no había estado nunca.

Esto merece una explicación, porque suena improbable que un hombre de mi edad y experiencia, después de tres matrimonios, de viajes por el mundo, de altibajos económicos, enfermedades y pérdidas, no haya conocido la depresión, al punto de tener que salir a buscarla por el mundo como esos niños de los cuentos que se van de su casa para conocer el miedo. Creo que ya dije que conocí la cáscara de la depresión (por eso puede reconocerla en el jardinero), su lustrosa capa de reina mala. Prestigiosa, como todo lo que tiene que ver con la muerte, distinguida, metafísica, apartando a su víctima de la masa humana atareada en lo cotidiano. Pero, como ya puede verse por esta descripción, yo la hacía signo, la volvía teatro, la despojaba de todo su poder. Fue sólo cuando me afectó, en la persona del jardinero, que me propuse ver qué había debajo de su forma externa. Eso nunca lo había visto.

En fin. Basta de prolegómenos, me dije. Me ajusté el cinturón de la bata y me lancé a lo desconocido, otra vez por un sendero cualquiera con tal de que pareciera apto para ir hacia el corazón del jardín. ¿Con qué me encontraría? La pregunta no tardó en tener respuesta, aunque no sin antes dejarme apreciar algunas de las bellezas y rarezas de lo que, después de todo, seguía siendo mi propiedad. Por lo pronto, supe que ya estaba lejos de la casa cuando dejé de oír el ruido que hacía Benita, nuestra fiel ama de llaves, lavando la vajilla del desayuno. Se hizo el silencio, que no era silencio. Zumbidos, aleteos, trinos, roces de hojas, y el toctoc permanente de lo que caía. El disco del Sol ya debía de haberse separado del horizonte, sus rubores blancos se introducían por todas partes, y el cielo adquiría brillo. A mi alrededor, los parterres se multiplicaban. Por la deformación psíquica natural del hombre urbano, yo tendía a creer que esas flores eran de plástico. Lucían demasiado perfectas para el desgano de la Dama Botánica en completar bordes y simetrías (tenía cosas más importantes que hacer). Pero había que rendirse a la evidencia, a las corolas triunfantes. Lástima no saber los nombres, nunca me había puesto seriamente a aprenderlos.

El jacinto sí lo sabía. Y justamente estaba pasando junto a unas construcciones en las que se enganchaban en volutas artísticas unos espléndidos jacintos. No parecían haber crecido al azar: alrededor de ellos había varios pájaros muertos. Alternando con hileras de hierbas aromáticas, macizos de marimonias. Dos urnas panzonas de bronce flanqueaban la entrada de un camino de cedros enanos; entre ellos se abrían perspectivas de trébol y lavanda, en unas lomas sucintas que yo no recordaba que estuvieran ahí.

Evidentemente se había hecho un relieve artificial para favorecer el juego de las dimensiones: un momento parecía como si uno estuviera entre monumentos de árbol, al siguiente era ver desde muy arriba la intrascendente minoridad del pasto. Avenidas de rosas, dalias sangrientas, fuentes con esferas de vidrio inglés, y árboles que estaban ahí sólo para dar sombra. Hasta los hongos, en formaciones globulares blancas que evocaban la penicilina, parecían tener intenciones de equilibrar formas y volúmenes. Las palomas grises, grandes como gallipavos, pacían sin darse por enteradas de mi presencia.

Me detuve a acercar a la nariz una rama baja con florecitas amarillas. Había adivinado, por casualidad (o quizás siguiendo el hilo de ese color amarillo delicado): el aroma era como el de un perfume carísimo, pero mejor, más sutil. Cuánto me había estado perdiendo, cuántas formas y colores que tenía tan cerca y no disfrutaba nunca, encerrado con mis libros. Pero el pago por la pérdida había sido mi obra literaria, en la que formas y colores se habían destilado en conceptos, trascendiendo la fugacidad de la Naturaleza. Sonaba bien, pero no sé si había hecho buen negocio. En toda transacción es más lo que se gana que lo que se pierde, o viceversa. Nunca queda empatado. Y ahora que me había decidido y estaba al fin con el tesoro desdeñado al alcance de la mano, no podía detenerme a disfrutarlo por la misión que me había impuesto, la urgencia que me movía. Era muy consciente, por experiencia, del tremendo gasto de energía mental que produce admirar.

Aun con esa advertencia, no pude dejar de maravillarme del trabajo que había hecho el jardinero. Porque todo esto era obra suya. Volví a verlo como lo había visto recientemente: en el fondo de la depresión, cabizbajo, los ojos muertos, sin ganas de vivir. Pero no había descuidado su obra. El contraste era llamativo. Ese riente carnaval de flores y zarcillos salía de las capacidades necesariamente oscurecidas de un alma desolada. Yo sabía, por mis lecturas, de artistas que habían construido obras luminosas desde la miseria, la enfermedad, la desesperación. ¿Sería una ley de compensación? En el párrafo anterior mencioné el sacrificio de un aspecto de la vida en favor de otro; pero en mi caso yo había vivido mi aspecto con la euforia necesaria para que mi trabajo prosperara. Lo del jardinero era misterioso. O quizás no tanto. Podía haber compartimentos estancos en el hombre, y yo estaba equivocado al creer que un hombre era una unidad modal.

Una asociación en este punto del pensamiento (¡y eso que me había prometido actuar y no pensar!) me llevó a una interrogación inquietante. ¿Lo había hecho realmente solo? Cuando lo contratamos le hablé de los asistentes que precisaría, y me alegré cuando me respondió que se bastaría él solo. Me alegré, casi no preciso decirlo, por el ahorro que representaba. Y esa mezquina alegría de bolsillo me duró mientras veía crecer el jardín, mejor dicho no lo veía, incluso cuando creció y se embelleció más allá de todas las expectativas. Mi posterior asociación con el jardinero como primer oyente privilegiado de mis escritos contribuyó a cerrarme los ojos. Más aun: el entusiasmo que me generó esta asociación hizo que escribiera más, que pasara más tiempo adentro, ignorante de las extensiones que iba tomando el jardín, las profundidades en las que sólo ahora me estaba aventurando. Toda la evidencia apuntaba a que era verdad que lo había hecho solo: de mi bolsillo no había salido un solo peso para sueldos extra, y él con el suyo, que era modesto por no decir miserable, no podía pagar auxiliares. Además, los habría visto, o los habría visto mi esposa, asidua a los canteros cercanos y lejanos. Y yo mismo me prohibía dejar que la imaginación prohijara una legión de enanitos trabajando a la medianoche.

Otra posibilidad: que el jardín no fuera tan grande y elaborado. Que fuera un truco de la subjetividad, alimentada por mi intención de explorar grandes e ignotas distancias donde hallar la cura para mi jardinero.

Como sea, seguí adelante. Atravesé un camino en el que se marcaban huellas de bicicleta, rodeé un ramo gigante de bambúes y por un sendero entre jacintos desemboqué en un espacio circular con borduras herbáceas donde me esperaba la primera sorpresa de la mañana. Un ser extraño, de reducidas dimensiones, se desplazaba entre las plantas. Producía un efecto de aparición y desaparición, explicable por la diferencia de tamaño de las plantas que lo ocultaban por momentos; y también por su propio movimiento, que no era humano. Sentí una puntada de miedo, a la que siguió otra de interés al pensar que podía estar en el umbral del descubrimiento de una especie nueva. Pero el objeto se plantó frente a mí moviendo la cola y vi que era mi perro Rigoletto.

–¡Rigo, Rigo! ¡Aquí!

No me hizo caso. Se fue a oler los troncos de los árboles.

–¡Rigo!

No sé para qué lo llamaba. Seguramente para llenar con algo mi perplejidad. Ningún encuentro podría haberme sorprendido más. Era un típico perro de interior, siempre abajo de mi escritorio, mordisqueando mis pantuflas. Si alguna vez lo sacaba afuera, a la fuerza, cansado de sus zalamerías, se plantaba pegado al vidrio de las puertas-ventana suplicando que le abriera para volver a entrar. No creí que me hubiera seguido. La suya parecía una aventura independiente. Y sugería una vida secreta que yo no había sospechado siquiera. Traté de reconstruir, así al voleo nomás, escenas de la rutina doméstica para ver si había lapsos en que no estuviera presente, durmiendo en la alfombra, esperándome frente al baño cuando le cerraba la puerta en el hocico, mendigando un bocado cuando comíamos, ladrando para llamar la atención, moviendo la cola con frenesí frente al televisor. Siempre estaba. Su figurita blanca era una constante en la casa. ¿Sería ésta su primera escapada, como lo era la mía? La desenvoltura con la que se movía sugería lo contrario.

Lo inquietante vino al cabo de estos pensamientos, cuando saqué de ellos la conclusión que se caía de madura. Estaba la posibilidad de que fuera otro perro. Esos falderos caros medio artificiales estaban todos cortados por la misma tijera. Como yo llevaba años dando por sentado a Rigoletto, no lo observaba con atención, y no habría podido distinguirlo de otro de su raza. No se si fue la idea, pero al mirarlo casi me convencí de que era otro.

Aunque pensándolo mejor, no importaba que fuera uno o el otro. Su identidad estaba presente de todos modos. Un perro valía por otro. En ese cuzco miserable que no hacía más que molestar se encerraba un misterio vital mucho más grande que él: la vieja fascinación del sonambulismo. Yo mismo me dividía en mis células gemelas, y no lo sabía. Lo tenía frente a los ojos y no lo veía. Una rosa era igual a otra rosa. Pero un zapato no era igual a otro zapato, por mucho que se esforzara el fabricante en sacarlos iguales: uno era para el pie derecho, otro para el izquierdo. El motivo por el que ciertos seres sobrenaturales no se reflejan en los espejos está en la celosa preservación de la simetría.

Un repentino sentimiento de urgencia interrumpió esta interesante cadena de ideas. Nada convalidaba la urgencia en ese ambiente natural, con los ritmos relajados que le eran propios. No obstante, la visión del perrito escabulléndose entre las matas le dio esa nota de apuro. Seguirlo parecía ser lo que correspondía, dejarse guiar por el pequeño fantasma. Su duplicación, real o imaginaria, me hizo pensar en un recurso que superaba el de los niños que dejaban miguitas en su trayecto por el bosque. Consistía en ir dejando perritos blancos: además del color fácil de distinguir, estaban los ladridos; al agregar sonido su función icónica se potenciaba. El inconveniente era que difícilmente se quedarían quietos manteniendo la posición.

A todo esto, el Sol subía en el cielo, pura masa, obturándose a sí mismo. Llegado el caso, serviría para orientarme, si me perdía. Por el momento prefería vivir mi aventura con espontaneidad. Pero no tanto, porque tenía un objetivo, que tanta distracción me estaba haciendo perder de vista. La depresión del jardinero era un hueso duro de roer. Ya dije que me intrigaba el contraste entre el estado de ánimo del jardinero y la exuberancia feliz del jardín. Pero eso postulaba, así fuera por la negativa, que las intenciones del artífice se realizaban en la obra. Yo bien sabía que no siempre era así, en realidad que nunca era así. Lo sabía por experiencia. Cuántas veces había querido escribir un drama y me había salido una comedia. Cuántos pintores quisieron pintar una flor y les salió la cara de un payaso. Cuántos músicos quisieron componer un vals y les salió una marcha fúnebre. Y no sólo en las disciplinas artísticas pasa esto. Los grandes descubrimientos de la ciencia fueron tiros que salieron por la culata. Los inventores que se propusieron inventar el teléfono inventaron el sacapuntas. Los pilotos que dirigieron sus aviones al Polo Norte aterrizaron en el Polo Sur. Podría seguir dando ejemplos, porque es fácil, pero me abstengo. La intención de la que proceden los ejemplos es convencer, y de acuerdo con la torsión de las intenciones que me propongo demostrar, cuantos más ejemplos dé menos convenceré.

Pero el concepto queda en pie. El jardinero pudo haberse propuesto expresar su depresión con plantas y paisajismo. Podía hacerse, con hiedras oscuras, flores de colores fríos, follaje en caída libre, charcos con ratas muertas, rincones olvidados, una Gorgona de piedra porosa invadida por líquenes. Nada de eso estaba más allá de sus capacidades. Quizás se dio al trabajo de conseguir crecimientos torcidos, fiel reflejo de una mentalidad autodestructiva como es en el fondo la del depresivo. El loto del olvido en las aguas estancadas del desaliento. La sombra húmeda del pesimismo crepuscular.

Simplemente le salió mal. O bien, posibilidad más atractiva para una mente inquieta como la mía, siempre en busca de la paradoja, la verdadera expresión de la depresión era esta sinfonía mozartiana de colores y aromas que yo estaba hollando. Estaría más de acuerdo con la historia del proceso. Porque el jardín lo había creado en las andas de la alegría. Fue una vez que estuvo desplegado en todo su esplendor cuando se dio cuenta de que esa belleza estaba simbolizando el vacío, la fugacidad de la vida, la angustia de la mortalidad. Y entonces, deshaciendo el camino entre la representación y lo representado, se deprimió. Lo anoto como una posibilidad nada más, una entre tantas otras.

A todo esto, el Sol… No, eso ya lo puse. Debería poner otra cosa, algo que hice, no algo que pensé. En mí, pensar es un vicio. La acción se interrumpe en los momentos más inconvenientes para dar paso a un vano discurso de la interpretación, la justificación, la hipótesis. Vocinglero, el pajarerío se reía de mis cuitas. Unos ladridos lejanos, disminuidos como juguetes sonoros, me llamaban desde el fondo de los sinuosos senderos. Allí fui, como un supervisor de lo desconocido. Debía demostrar valor ante mí mismo. Estaba prestando poca atención, por la costumbre del ensimismamiento. El jardín tenía mucho que enseñarme, y si sus lecciones tenían poco que ver con el motivo que me había llevado a él, aun así podían ser útiles a la larga: los caminos del saber son torcidos como los cascabeles.

Por lo pronto, noté que había dos ejes, el horizontal y el vertical. El primero seguía la línea del suelo formando figuras en las que la geometría cohabitaba con el relieve. En el eje vertical, representado visualmente por árboles, cañas, esbeltas palmeras y los obeliscos rugosos, estaba implícito el crecimiento y la evolución. De hecho, la verticalidad se hundía en la tierra, como un delgado tubérculo abstracto. Las anémonas temblaban. Clavelinas arrugadas, rojos florones ofrecidos en platos verdes. Un césped muy apretado, como si hubieran trenzado sus hilos, estaba sembrado de violetas. En los árboles, casitas de madera para los pájaros. Los senderos partían en todas direcciones. Sobre una acequia profunda, un puente chino. Un escalón de piedra, perdido entre los espinillos, parecía esperar el resto de una escalera. Por donde me había metido se alzaban unos árboles de tronco frágil, ramas extendidas como patas de araña y, de nuevo, las azucenas blancas. La laca en estado gomoso, recién salida del insecto que la producía, envolvía las bayas de escaramujo. Los cristales de alcanfor caían de las grietas de la corteza de los árboles. Todo era nuevo para mí, nuevo Adán en bata recorriendo sus dominios. Pero un Adán segundo, el de la segunda oportunidad, en la corte de las flores. Los pensamientos aterciopelados, violeta y amarillo, pasaban las hojas de las horas con brillo de pupilas.

O los ladridos no eran sólo ladridos, o no eran nada. O tenían esa vigencia remanente del recuerdo mezclado con la actualidad. Porque entre ellos se intercalaban palabras, voces agudas que decían algo en un grito, lejano, y al ir hacia él se hacía más lejano. Sin embargo, resultó estar muy cerca. No sé qué efecto de acústica de distancias me hizo creer que nunca llegaría. Era una rotonda despejada, en la que jugaban los niños. Por efecto de la disociación de la distancia, y el clima mental en el que me había puesto la recorrida, pensé en ellos, viéndolos, como los niños que duermen en la corola de las flores. Ajusté la visión, y eran mis hijos, jugando con Rigoletto. No me desdecía, en modo alguno: si bien no habían nacido en las flores, mis hijos, con su gracia y su belleza habían sido la poesía y el encanto de un extenso período de mi vida. Ya habían crecido, pronto serían adolescentes, pero todavía eran niños, que podían jugar, si bien condescendientes, con el perrito que los había acompañado de bebés, había correteado alrededor cuando aprendían a caminar, había dormido con ellos. Con los años le habían llevado cada vez menos el apunte, y Rigoletto se había acercado más a mí, como si supiera matemáticas: de ser un cachorro contemporáneo de niños pequeños, por la diferencia de ritmo de sus años y los nuestros, ahora era más contemporáneo mío. Esta escena que estaba viendo en el jardín tenía algo de regreso de las edades, y debió de ser por eso que no registraron mi presencia. Claro que no tuvieron mucho tiempo para hacerlo, porque se oyó la voz de la madre llamándolos a desayunar. Debían de tener hambre porque partieron como flechas, con Rigoletto atrás.

La voz había sonado muy cerca, aunque yo sabía que mi esposa no había salido, simplemente llamaba desde la ventana abierta de la cocina. Fue el primer indicio concreto de algo que había venido sospechando de modo subliminal: que el jardín no era tan grande como parecía. Inmediatamente me puse a elaborar la idea. Para eso soy rápido, así como soy lento para decidirme a la acción. A simple vista parecía difícil afirmar la exigüidad del terreno, sobre todo después de haber caminado largamente por senderos que me ofrecían floridos panoramas siempre distintos. Pero había explicaciones. Siempre las hay. Es una experiencia corriente al volver por una calle que un rato antes se ha recorrido en la dirección contraria verla distinta, casi irreconocible. Con más razón podía suceder en un escenario natural, donde las ortogonales son desconocidas y las espaldas múltiples. Si mi intuición era correcta, bastaba con un trazado ingenioso de los senderos para que volvieran sobre sí mismos sin declararlo, mediante atajos subrepticios. Claro que no sería tan fácil de hacer. Era cuestión de ordenar las perspectivas, y después ubicar los puntos de vista. Quizás no era tan difícil. Quizás se hacía solo, gracias a la variedad de las flores. Quise probar. Me senté en el viejo banco de madera verde, y con un palito dibujé el plano posible en el polvo del suelo.

Hice un cuadrado dentro del cual empecé a trazar líneas con elegantes curvas. No sé si me entusiasmé, o el soporte era poco adecuado, lo cierto es que quedó un enredo que no representaba nada. Mejor dicho, algo parecía representar: una corteza cerebral. ¿Estaría tratando de decir inconscientemente que el jardín era «cosa mental»? En fin. No era tan simple como imaginar castillos en las nubes. Además, era demasiado horizontal. Habría necesitado una maqueta tridimensional para hacerme una idea más cercana a la realidad. Salvo que a la realidad la tenía frente a los ojos, por si quería hacerme una idea de ella. No tenía caso. Abandoné el intento, como había abandonado tantas iniciativas a medio hacer, o apenas empezadas. El desaliento era parte de mi sistema, casi podría decir que era la base de mi sistema de acción. Un sonriente pesimismo que en el Oriente se habría considerado sabiduría. Más valía no hacer nada: de esa fórmula salió toda mi obra.

Con un suspiro, me dispuse a abandonar también el intento de encontrar una cura para la depresión de mi jardinero. Se le pasaría sola. Y si no se le pasaba peor para él. Al fin de cuentas, yo no era médico, y como empleador sus estados de ánimo no eran mi responsabilidad. Mientras siguiera haciendo su trabajo le seguiría pagando el sueldo y sanseacabó. Estos seres provenientes de los estratos inferiores de la sociedad tienen una resistencia superior a la nuestra, lo que por lo general nos hace equivocar en el diagnóstico. Se mueren antes, es cierto, lo que se debe a la alimentación deficiente y la falta de atención médica de excelencia, pero la breve vida que tienen la atraviesan como un toro enceguecido, acelerando, como si el aire estuviera hecho de puertas giratorias, no de oxígeno. Y no les falta astucia, a los muy malditos, a falta de la genuina inteligencia que hace marchar el mundo tienen el Instinto de la Ventaja, que emplean a discreción. Esta línea de razonamiento me llevó a la sospecha de que podía haber sido víctima de una comedia destinada a extorsionarme emocionalmente por un aumento. Si tal era el caso, estaba perdido.

Ya que había entrado en el terreno de la sospecha, la apunté a mi persona. ¿No habría sido todo una más de las fantasmagorías que pueblan mi cerebro? ¿Acaso no me habían dicho, mi esposa y los chicos, que no notaban ningún cambio en el jardinero? Pero yo sí lo notaba, vaya si lo había notado, de ahí mi preocupación, ante la perspectiva de perder al lector que me inspiraba y para el que escribía. Eso no lo había inventado. Llevaba mucho tiempo escribiendo con la mira puesta en él, y el resultado hablaba por sí solo; había vuelto a ser tan prolífico como en mis años de juventud.

¿Y con eso qué? ¡Si me había cansado de quejarme de que me tildaran de prolífico! Era por ese motivo que había dejado de escribir, desalentado por no lograr que me saliera poco; siempre era mucho, así que preferí no escribir nada; o lo prefirió mi inconsciente, propinándome un bloqueo de aquéllos. El jardinero me había rescatado de los piélagos de la esterilidad, sí, pero ¿a qué precio? Al de infantilizarme, porque insensiblemente me había ido poniendo a su nivel, con esos «cuentitos», como él los llamaba, y los escuchaba con la sonrisa condescendiente del hombre de pueblo ante el artista de vanguardia. Y yo con mis nubes, con mis ardillitas de colores...

No. Definitivamente, que siguiera deprimido todo lo que quisiera. Ya no lo necesitaba más. Me había llegado la hora de escribir cosas más serias. Que se curara solo, yo no había nacido para buen samaritano, y destilar elixires de jardín no era para mí. Me quedaba una duda, una sola, y no era imposible que estuviera en la raíz de la animadversión hacia el jardinero que había sentido crecer en mí en estos últimos párrafos: ¿por qué no me había deprimido yo en lugar de él? Todo me señalaba como la víctima: mi sensibilidad de artista, mi edad, la angustia de no saber qué hacer con la enorme cantidad de dinero que estaba ganando. Había estado poniendo membranas semitransparentes entre mi persona y las hienas del Tiempo, espacializando mis defensas. Quizás ahí estuvo la causa oculta de que abandonando mis hábitos urbanos me haya mudado a una casa con un gran jardín. En la ciudad se impone el Tiempo, las agujas del reloj nos pinchan el trasero de la mañana a la noche, y yo siempre he sentido que la categoría del Espacio me es más propicia que la del Tiempo. Al escribir, una descripción me descansa, puedo quedarme a vivir en ella. La necesidad de seguir narrando la vivo como una amenaza, y si me resigno a ella es con la esperanza de que llegue el día en que pueda expulsar definitivamente a la sucesión y quedarme a vivir en la poesía del instante.

La fresca brisa de la mañana revolvió mis cabellos, largos porque se había muerto mi peluquero, y en desorden porque en el apuro por ponerme a escribir no me había peinado. Alcé la vista a los cerezos en flor. Con la madera del cerezo los ebanistas de Luis XV hacían unos escritorios en los que se habían escrito tantas elegantes obras maestras. Hoy, el material con el que se fabrican nuestros escritorios se extrae del cerebro. Nos salteamos los pasos intermedios. Las ramas se entrecruzaban sobre mi cabeza, a fortiori sobre mi cerebro. A mis pies, las hileras de rosales cargados, las orgullosas dalias, las voluptuosas madreselvas descargándose de las tapias…

Desconfié de mis recientes razonamientos. Siempre lo hago, por un instinto de autoprotección. Internarme en filosofías dudosas es una de las añagazas de mi inconsciente para que yo no siga adelante con la acción, donde se alojan todos mis miedos. Esta vez, poseído por el espíritu de la aventura y el deber, le di otra oportunidad a la acción, y avancé un pie por el sendero, después el otro… No llegué lejos. Un rosal enorme me cerró el paso. Las rosas estaban abiertas y exhalaban un perfume que me envolvió. Eran candelas de azufre violáceo, caía de ellas un polvillo blanco que no me atreví a respirar. Sentí un asomo de miedo, antes de que creciera traté de reprimirlo con argumentos tranquilizadores que no me faltaban: estaba en mi jardín, en mi casa, donde yo daba las órdenes de lo que había y lo que no había; por otro lado, lo que me rodeaba, con la excepción de una inofensiva avecilla aquí y allá, pertenecía al reino vegetal, que no es agresivo. Esto último es discutible, ya que todos los venenos provienen de las plantas, pero después de separaciones y destilaciones que no se hacen solas. Además, con mantener la boca cerrada ese problema estaba resuelto. O no del todo, porque existen tóxicos que se inhalan.

Puse el mayor cuidado al sortear el rosal. Lo hice, no sin que las espinas desprendieran hebras del paño de mi bata escocesa. No llegué a dar la vuelta completa, me lo impidió un viejo tronco rodeado de bejucos. Tomé por una abertura que me llevó a un sitio por completo nuevo para mí. Qué raro. Creía conocer mi jardín como la palma de mi mano. Había canteros cuadrados llenos de flores amarillas, al menos suponía que eran flores, porque lo que veía en realidad era una masa de corpúsculos amarillos. El color se elevaba con trabajo hacia una neblina quieta que parecía artificial. Me pregunté por qué no reconocía nada, y por qué había menos luz, como si me hubiera metido en un espacio crepuscular. ¿Sería la famosa oscuridad de la mañana? ¿O, al revés, sería yo el deslumbrado por la continua exposición al aire libre? También podía ser simplemente la sombra de los árboles, del follaje espeso que colgaba sobre mí dejando pasar apenas haces de luz solar delgados como hilos. Aun si fuera así, nada explicaba esa opacidad transparente que me rodeaba.

Una fulminante sospecha hizo presa de mí. Con un pánico fuera de lugar me llevé una mano a la cara como si fuera a darme un sopapo, frenado a tiempo. ¡Era eso! Me había olvidado de ponerme los anteojos. Debo aclarar que soy miope extremo, y sin anteojos veo todo borroso y no reconozco ni a mi esposa a dos metros de distancia. Desde chico los anteojos fueron parte de mi persona, nunca estoy sin ellos. Que me hubiera lanzado a esta expedición sin ponérmelos era inverosímil, pero no carecía de explicación. Sucede que con la edad desarrollé una fuerte presbicia encima de la miopía, y tuve que agenciarme un segundo par de anteojos para leer y escribir. Como estas dos actividades ocupan gran parte de mi tiempo, a la vez que no me gusta perderme detalle de lo que se ve a mediana y larga distancia, estoy cambiando de anteojos continuamente. Fue lo que pasó esa mañana temprano, cuando quise sacar provecho de la inspiración del despertar para escribir sobre las nubes. Con los anteojos de la presbicia escribí como un poseído; al poner el punto final me los saqué, y en el apuro por mostrarle mi nueva invención al jardinero me olvidé de calzarme los otros. Nunca me había pasado, pero siempre hay una primera vez.

Esto explicaba muchas cosas. De hecho, podía explicar lo más importante, i.e., que no hubiera visto al jardinero. También que todo me hubiera parecido distinto, irreconocible. Sin habérmelo propuesto me había procurado una experiencia de alteración de la percepción, más barata y menos dañina para la salud que la obtenida mediante el uso de drogas. En las masas indistintas que me proporcionaba la miopía mi mente trazaba líneas y contornos, trocaba planos y volúmenes, sacaba de la nada las figuras y sus sombras. No podía asombrarme el estado de nacimiento en proceso que habían presentado los canteros.

Un olor claramente identificable hizo el trayecto de mi nariz a mi cerebro: café, el olor más delator. No era que invadiese el aire: era una serpentina delgada que si me llegaba debía de ser porque la disminución de la vista afinaba en mí otros sentidos, por lo pronto el olfato. Ojalá lo hiciera también con el oído, en el que soy bastante deficiente. El aroma de ese torrado moka no podía provenir sino de la cocina, lo que significaba que la casa estaba cerca. Me intrigó. Creía haberme alejado mucho, pero quizás había estado dando vueltas en círculos como los que se pierden en un bosque. Lo descarté, porque un jardín no es un bosque.

Lo mismo pasaba con el tiempo: mi impresión era que había pasado un largo rato, pero si en la casa seguían en el desayuno no podía haber sido tanto; y en el tiempo, a diferencia de lo que pasa en el espacio, no se gira en círculos.

Poco después pude comprobar que sí me había alejado realmente, al verme frente a una construcción que se definía justamente por estar al fondo: el cobertizo de herramientas y semillas del jardinero. Era una estructura vetusta, de paredes algo torcidas invadidas por hiedras silvestres, sin ventanas, la puerta de chapa cerrada con candado, los helechos colgantes que echaban raíces en el barro del techo. Mi percepción adaptada desde hacía largo rato al mundo de las plantas no quiso verlo como un dispositivo penetrable sino como una forma natural más. Pero ahí actuaba algo más que la adaptación. Se trataba de una realidad a la que yo cerraba los ojos. Los cerraba escribiendo. La fábula, la creación de personajes, como en otra etapa de mi carrera había sido la busca de rimas, eran el vocinglerío fantástico con el que me aturdía. Era necesario que me pusieran la realidad frente a las narices para que me volviera a la conciencia, y lo hacía de mala gana, a las cansadas. En el transcurso de lo cotidiano la mantenía en las escalas brumosas del segundo plano. La literatura, de la que aviesamente me declaraba sacerdote y adorador, al fin de cuentas no era otra cosa que el recurso más a mano que había encontrado para protegerme de las irradiaciones potencialmente hostiles del mundo real.

Al desprenderse la capa sedosa de la fantasía, el cobertizo dejaba de ser un inocente cobertizo de jardinero. Aunque bien imitado, la acumulación de los signos que marcaban su condición de cobertizo delataba su naturaleza ficticia. Con lo que llenaba la doble función de distraer y disuadir. Lo primero haciendo creer que era el cobertizo que suele haber en el fondo de todos los jardines. Lo segundo advirtiendo el peligro de entrometerse en un sitio cuyos constructores se habían tomado tanto trabajo en disimular. Peligro muy real, porque la muerte era el ruido con que se cerraba la puerta.

La existencia del cobertizo, y sobre todo de su contenido, derivaba directamente de mi condición de escritor. Y de que tenía una familia que mantener, y gustos caros que satisfacer; ambos necesarios, la familia para darme la estabilidad doméstica sobre la que construir mi obra, los gustos para encender mi imaginación. Eso costaba una inmensidad de dinero que mis libros no me habrían proporcionado jamás.

No diré que la desesperación me llevó a meterme en el negocio que cambió mi vida. No fue un impulso ciego: lo pensé fríamente. Los riesgos eran grandes pero eran sólo riesgos de muerte, no de cárcel ya que no se trataba de nada ilegal. (La cárcel a mí me asusta mucho más que la muerte.) Y la recompensa era grande, no sólo ni principalmente en términos materiales, sino por permitirme seguir escribiendo. Además, respaldaba mi decisión el bien que le hacía a la niñez, arrostrando riesgos que a otros habían espantado, a pesar del beneficio pecuniario.

Una Asociación Civil relacionada con las embajadas del arco de Crimea buscaba un local para el tratamiento de los niños de Chernóbil, y yo terminé siendo el que lo proporcionó. La intensa radiación de estroncio que traían estas criaturas exigía tomar severas precauciones, pero también exigía un máximo de discreción, ya que el público, sensibilizado en ese punto, nunca estaría del todo confiado en que se hubieran activado los protocolos de aislamiento, o no se produjera un accidente. De modo que había que recurrir al secreto. Un escritor era la tapadera ideal, por cuanto su figura legendaria envuelta en las nieblas del misterio proporcionaba una conveniente lejanía. Pero todos los escritores a los que se lo propusieron se negaron espantados, con la cobardía propia de hombre de gabinete. Debo confesar que yo también me habría negado, de no haber creído que era una más de las invenciones de mi busca de giros argumentales que renovaran el interés de narraciones exhaustas.

Me proporcionaron la casa, y una esposa apta para procrear varios niños entre los cuales hacer pasar a los niños rusos sin llamar la atención. Y el jardín, lo bastante grande y enmarañado como para desalentar la intención de llegar al cobertizo a curiosear. Los técnicos venían disfrazados de carteros o plomeros, precauciones bastante inútiles porque la casa estaba aislada en el barrio opulento, con vecinos demasiado ricos para ser entrometidos. A partir de ese momento mi vida cambió, pude dedicarme a escribir olvidado de cuestiones materiales. Me pagaban trescientos cincuenta mil dólares por cada niño que traían, lo que me llenó de alegría al principio. Después la alegría se fue tiñendo de melancolía, a medida que mi haber crecía desmesuradamente y yo no encontraba en qué gastarlo. El conformismo, justificado por lo ideal de mis condiciones de vida, me dejaba sin deseos que realizar. El estrecho margen de imaginación que me quedaba iba directo a mi producción literaria. Era una enorme decepción; como todos los jóvenes yo había soñado con llegar a ser rico, para satisfacer mis caprichos, mi sed de lujo, mis voluptuosidades; tener todo ese dinero y no tener en qué emplearlo era una traición a mi juventud, a todo lo que tiene la juventud de expansivo y soñador.

Hacía una semana que no traían un niño para el tratamiento. Parado frente al cobertizo, recordé el entusiasmo que sentía cuando traían uno, o más de uno, pensando en la ganancia que significaba para mí. Hubo ocasiones en que trajeron hasta seis a la vez; yo multiplicaba, el resultado era dos millones cien mil… una cifra con la que jamás habría esperado verme, una fortuna, que además se sumaba a cantidades mucho mayores ya embolsadas, y a las que se sumarían otras, y otras, porque los niños infectados eran innumerables. A ellos tenía poca ocasión de verlos, sólo cuando los traían y cuando se los llevaban; los procedimientos, sin ser secretos, estaban ocultos por tantas capas de protección que escapaban al examen. Lo que sí podía comprobar, cuando los veía salir rumbo al aeropuerto para el viaje de regreso a casa, era que tras la cura quedaban reducidos a una patética humanidad infantil. La extracción del estroncio se llevaba a cabo, pero era lo único que tenían, al menos lo único que atestiguaba su participación en un hecho histórico, de su paso por el mundo en suma.

Nunca me había preguntado qué hacían con el estroncio que les sacaban. Lo hice en ese momento. Y el estroncio quizás no era lo único, quizás iba acompañado de otros elementos. La química de lo atómico, si bien me era desconocida, tenía un potencial que se derramaba en todos los conductos de lo humano. ¿Por qué no en el tratamiento de la depresión? No necesitaba que me recordaran los peligros implícitos, pero con la veleidad que cultivo como rasgo de artista, volví sobre mi renuncia a curar al jardinero, le di una segunda oportunidad, apostando al átomo

Además, no era cuestión de desaprovechar la ocasión de haber llegado tan lejos: habitualmente el encuentro con el jardinero y la lectura de mi cuento cotidiano me detenían antes de que me internara mucho en el jardín. ¿No sería un truco para mantenerme lejos del cobertizo? Preferí no explorar esa posibilidad porque significaría que el interés del jardinero en lo que yo escribía era falso, una distracción envuelta en palabras aprendidas de memoria. Lo aparté de mi pensamiento, ya que de ser cierto demolería mis ilusiones literarias de los últimos años.

Sin más, entré. La acción siempre gratificaba, en la novela tanto como en la vida real (o más). El candado habría sido un impedimento pero no bastó para frenar mi impulso. La puerta de chapa gimió con la ronca carraspera del óxido, la madera podrida del escalón de acceso crujió. No hacía falta prender la luz (de todos modos los cables habían caducado mucho tiempo atrás) porque la mañana se introducía por los espacios rotos entre el techo y la pared. Musgo, telarañas, una nube de polillas que se espantó por mi presencia, y hasta plantas de hojas blancas que habían crecido en las rajaduras de la pared. Habían llevado el camuflaje a sus últimas consecuencias, no sólo en el exterior sino también en el interior, es decir en todo. ¿Dónde estaba lo real? Quizás mirando más, más adentro, adiestrando la vista a una tarea superior… Yo no estaba para esos trotes, a mi edad y con mi carácter. Seguiría en mi penumbra donde todos los gatos son pardos. Me abrí paso entre los trastos polvorientos.

No recordaba que hubiera entrado nunca antes. Fue necesaria la depresión del jardinero y mi loca (poética) busca de una cura entre las plantas, para que me viera cara a cara con la fuente de mi riqueza, la que hacía posible mi dedicación a las letras y a los sueños. ¿Y qué veía? Polvo, telarañas, restos de herramientas oxidadas, masas fungoides y esos listones de luz en los que bailan las partículas, típicos de los interiores con techos averiados. ¿Dónde estaban los isótopos de última generación, las cámaras criogénicas, las barras alfa? ¿Había sido todo mentira? No me entraba en la cabeza: los emolumentos que yo recibía eran muy reales, y si los niños de Chernóbil eran una fábula, entonces la proveniencia de los fondos tenía que ser ilegal, y podía meterme en problemas.

Salvo que… Mi imaginación, entrenada en las faenas de lo novelesco, buscó una salida, y no tardó en hallarla. El laboratorio debía estar bajo tierra, como era lo habitual en las películas de terror científico. Una puerta trampa disimulada entre los trastos debía de dar acceso, el contraste no podría ser más llamativo, aquí arriba suciedad y abandono, allá abajo cristales y barbijos… Era una solución, pero no había terminado de formularla cuando me asaltó una sospecha, proveniente, cuándo no, de la Literatura. En efecto, con este sótano halagaba la simetría, ese juguete de los pobres: lo que había empezado en las nubes, terminaba bajo tierra.

En fin. A mí qué me importaba. Mientras siguieran pagando, yo contento y callado. Además, lo que había visto ahí en el cobertizo, ¿lo había visto de verdad? Otra vez los ojos tomaban protagonismo. Al venir de una mañana soleada mis pupilas debían de estar contraídas como puntos, y necesitarían unos buenos minutos para dilatarse. De ese modo, de paso, incorporaba el factor tiempo al relato, para salir del hieratismo de la descripción o la reflexión.

*30 de abril de 2019*

# EL ESCULTOR

Invito a mis lectores a trasladarse con la imaginación a la Grecia antigua, al país de los bellos mármoles y el pensamiento bien fundado. Lo recibirán los cielos siempre claros, el aire puro, el canto de los pájaros, el paisaje marino. Verá una juventud dorada por el Sol, el de los grandes amaneceres, alimento de la luz y resolución de los enigmas. Una temperatura amable, escalonada en brisas, abre los caminos del país de la leyenda intelectual, con cabritas blancas en los montes. Hoplitas, efebos, caracolillos cayendo en cascada sobre el pecho de las vírgenes hieráticas. Allí donde todo es nada y nada es todo las noches son otra clase de día, la hierba se estremece, el prejuicio es combatido con armas contundentes. ¡Grecia, nada menos! Cuna de la civilización occidental, sepulcro de las supersticiones. Allí estamos, como por milagro, el lector y yo, bajamos las pedregosas laderas de este paisaje montañoso, y entramos a la ciudad blanca donde tienen lugar las conversaciones inteligentes. Las columnas erguidas alrededor de nosotros nos inspiran. Hemos dejado atrás el mundo distraído de la modernidad para hollar el reino de la atención. Ya no es el torbellino atiborrado en el que no veíamos ni oíamos nada como no fuera por casualidad. Aquí hay poco y selecto, sólo lo que recordamos del estudio y las lecturas, los partenones dibujados en el cuaderno escolar se alzan ante nuestros ojos, acogedores y tridimensionales. Algún anacronismo o una palmera intrusa no alcanzan a derogar la tremenda realidad de lo griego. Cada objeto brilla con el resplandor de lo recuperado, cada ser rebosa de vida, hay una transparencia edénica en la que el recuerdo y la visión se superponen.

Este ensueño en el que participamos, escritor y lector, no puede mantenerse más allá de un momento de exaltación culta. Y eso a fuerza de retórica púrpura, que también tiene vencimiento a corto plazo. Para prolongarlo será necesario dar un paso atrás y conformarse con la modesta suspensión de la incredulidad que provee la novela, histórica para más abyección.

Comencemos por el escenario, que pierde la «transparencia edénica» en favor de la opacidad. La mención de los cuerpos opacos viene a propósito porque el protagonista de esta historia es un escultor. Pero antes de presentarlo es necesario esbozar el contexto, que en este caso no se da por sí solo. Ya dijimos que el clima era amable: inviernos templados, veranos cálidos, de ahí una aceptable salubridad. Con eso podemos darnos por satisfechos. La imaginación, ya puesta en velocidad crucero puede hacer el resto. La imaginación, más allá de hacer el trabajo para el que se la convoca en literatura, tiene aquí una importancia extra por cuanto dio origen a la creación más característica de este pueblo: los dioses jóvenes. Esto demuestra que el clima no es todo. Embelleciendo un paisaje que dentro de su naturaleza rocosa y caprina sostenía una interesante transparencia, los personajes alados, en su incansable puesta en escena, resumían en imagen las ganas de vivir de las generaciones subsistentes. «El hombre no quiere ser dios –dijo Gombrowicz–, el hombre quiere ser joven». Los griegos hicieron la conjunción más eficaz.

Una vez completado el elenco nació la Filosofía, el instrumento para concertar dioses y hombres en el magma permanente del lenguaje. «La humanidad pasará siglos y milenios entretenida con este maravilloso juguete que hemos inventado. Llegará el momento en que no sabrán para qué otra cosa tienen el pensamiento». Así habrían querido expresarse. Y probablemente habrían agregado: «Después habrá una reacción, como la hay siempre, y se volverá al estadio anterior».

Ésta es, en apretada síntesis, la introducción a la historia de dos almas.

El escultor era un hombre todavía joven, en la plenitud de sus medios. No lo preocupaba saber, como sabía, que en unos pocos años comenzaría la inevitable decadencia física y mental. Si lo pensaba, tenía la plena convicción de poder arreglárselas con los concomitantes inevitables de la edad. Había llevado una vida razonablemente sana, siempre lejos de los médicos y sus brebajes; una juventud sana no era garantía de una vejez sana, pero se le parecía lo bastante como para tranquilizarlo. Lo mismo con el otro aspecto, el del sustento material, que tenía motivos para inquietar al ciudadano de a pie, en una época en que nadie pensaba en socializar algún socorro para la ancianidad. Su posición estaba asegurada, como artista celebrado y hombre de medios. Se había abstenido de formar una familia, los amoríos ocasionales le habían bastado y le ahorraban disgustos y gastos. Podía permitirse una vida rumbosa con lo producido por su taller, que abastecía a ricos particulares así como a la ciudad. Y había hecho prudentes inversiones que le aseguraban un futuro sin sobresaltos. Con la suba astronómica que había tenido el precio de los esclavos, que él había comprado por bicocas, las más de las veces como intercambio por frisos o pequeños bronces que salían de su taller, tenía una fuente segura de financiamiento de su vejez: con vender uno por año le bastaría. De cualquier modo, la vejez estaba lejos, no pensar en ella bastaba para tenerla a distancia.

No es que se hiciera las consideraciones expuestas en el párrafo anterior. Era así, lo sabía, y basta, ocupaba la cabeza con la menor cantidad posible de cuestiones prácticas, dejando espacio tras su frente para las divinas austeridades del arte. Y agradecía que fuera así. Compadecía a los seres mundanos que veía a su alrededor afanándose por el dracma, endeudados, ansiosos, presos del cálculo del tiempo y el precio de su trabajo, ecuación que los consumía. Los ricos, provistos de manadas de esclavos, en sus mansiones apiñadas en el barrio del Ágora, estaban libres de esas miserias, pero eran una minúscula minoría. Él estaba posado en esa exigua rama de la sociedad, donde se encontraba su clientela, y de algún modo se sentía emparentado con ella. Si bien su haber no podía compararse con las grandes fortunas provenientes de la función pública, compartía algo de la magia funambulesca de éstas. Porque a diferencia del trabajo corriente, cuyo precio o recompensa se medía en términos cuantitativos, el arte hacía uso de la escala cualitativa. Una estatua, si bien no podía negarse que era labor intensiva, no valía por el tiempo que había llevado hacerla sino por su calidad; cuando salía bien, lo que era la norma en su caso dada su ideación imagística y el esforzado esculpido material de su asistente, si había llevado cien horas de trabajo se la podía cobrar por el equivalente de mil horas. Las novecientas ganadas eran la sustancia de una vida de contemplación y perfeccionamiento.

El arte ya de por sí implicaba un distanciamiento de lo material. Era doblemente así en él, que no tocaba la piedra gracias al auxilio de un asistente eficaz que lo hacía todo. La espiritualización resultante hacía que lo asaltaran fantasías de retirarse a una cabaña de troncos de abeto en un valle pintoresco del Peritoneo, o embarcarse en un botecito a vela, desnudo como un pez, y navegar de isla en isla, recogiendo aquí y allá una perla, durmiendo siestas mecidas por las olas. Sabía positivamente que no haría nada de eso. Jamás renunciaría a su triclinio, a sus cráteras bien provistas y sus avecitas condimentadas por su cocinero importado. Las fantasías, empero, cumplían una función compensatoria.

Los encargos le llovían, de su taller salían incontinenti kuros y Afroditas, Hermes de jardín y conjuntos patéticos, con o sin caballos. Copias de mármol para los presupuestos ajustados, bronce para los magnates. Treinta esclavos en comodato hacían los trabajos pesados, un maestro fundidor vigilaba los fuegos, robustas mulas llevaban el producto a villas y templos. Todo salía de su cabeza e iba a parar a las manos de su asistente, que después de largos años de servicio ya le adivinaba el pensamiento. De los honores que el arte podía conceder ninguno le había sido escatimado.

La demanda era sostenida. El escultor daba gracias, si no a Zeus (había hecho varios) a la suerte ciega, de haber nacido en un país que apreciaba tanto la estatua. Su don para la escultura habría quedado sin uso en otra parte. Lo consideraba una feliz coincidencia. Liberal como era con sus fantaseos, se complacía en imaginar lo que habría sido de él en caso de nacer en uno de esos países bárbaros, de los que había oído hablar, en los que la superstición hacía tabú de las estatuas. Un delicioso escalofrío lo recorría al imaginarse clandestino, con amenaza de muerte pendiente si lo descubrían. Desafiando el peligro, su don se impondría. En ese punto el sueño despierto le proponía dos posibilidades: o bien hacer estatuas en un sótano para que nadie las viera, o bien limitarse a hacer las estatuas en la mente, sin llevarlas a la práctica.

Esos países y esos tabúes podían ser leyenda. La realidad que vivía era opuesta, pero precisamente por opuesta tenía un aspecto intrigante. ¿Por qué ellos apreciaban tanto a las estatuas? ¿Por qué nunca habían puesto en la categoría de tabú a esos objetos antropomorfos que tenían algo de siniestro? Se diría que no podían vivir sin ellas. Los que podían pagarlas se las procuraban; los que no, le exigían al Concejo del Ágora que las instalaran en los lugares públicos. En tanto proveedor él podía notar una proliferación que sus conciudadanos daban por sentada. Desde esa perspectiva se la podía ver como un fanatismo, casi una manía. Y no se trataba de que no supieran hacer otra cosa. Había músicos, pintores, poetas haciendo lo suyo, y haciendo mucho. Pero la estatua reinaba sin competencia.

Una posible explicación residía en la materia, no en la forma. En la dureza y solidez del mármol y el bronce. La gente vivía pegada al presente, pero una mirada a los horizontes lejanos de la historia no podía dejar de notar el poder destructivo del tiempo. Las frágiles varillas de cedro con las que se hacían las cítaras, el papiro en el que se escribían los poemas, los pigmentos con que se pintaba, en superficies que eran blanco de todo tipo de agresiones, estaban condenados a desaparecer. Mientras que las estatuas, así quedaran enterradas, sobrevivirían. Y los hombres de un futuro remoto tendrían motivo para creer que los griegos vivían para las estatuas, con lo que acertarían a pesar de estar en el error. Eso pasaría milenios después, cuando las estatuas hubieran tenido tiempo de sobrevivir a todo lo demás, y de quedar muchos metros bajo tierra. Entonces a este presente en que se las fabricaba se lo llamaría «Antigüedad». Y como las estatuas ya estaban, y vaya si estaban (como que él vivía de ellas), había que concluir que ya estaban en la Antigüedad.

Estaba persuadido de que ya no tendría más problemas. Se basaba en el hecho de que nunca los había tenido. Su carrera había sido como patinar sobre hielo, y a esta altura una cómoda inercia lo seguiría llevando. Era lo que podía esperar, es cierto, pero le salió al paso un obstáculo, y de proporciones. Tan grave que amenazaba el centro mismo de la producción de su bienestar. El asistente se deprimió. Qué le había pasado, si es que le había pasado algo, no lo supo. De pronto, de un día para otro, lo envolvió una nube oscura, se transformó en inerme, en un colgajo de nervios vaciados. Era lo que menos se podía haber esperado de él, un liberto que parecía haber hecho la misión de su vida trabajar haciendo estatuas. Esos seres provenientes de los estratos inferiores de la sociedad no se planteaban interrogantes de ninguna naturaleza, hacían lo que tenían que hacer, y después... seguían haciéndolo, ya que no tenían otra cosa que hacer. Los casos de depresión anímica, por lo que el escultor sabía o creía saber, respondían a esos interrogantes, sobre el sentido de la vida por ejemplo, que se hacían los que no tenían que trabajar.

Evaluó la situación que se le presentaba. Habían pasado varios días y el asistente no se había repuesto. ¿Sería definitivo, crónico, incurable? Se preocupó en serio. Sin entrar al taller, que no pisaba nunca, atisbó signos esperanzadores, en vano. No oía la voz, el sostenido brillante que rebotaba en las planchas de mármol erectas cuando llamaba al orden a los esclavos, no oía sus pasos, que antes resonaban como golpes de tambor; se lo imaginaba arrastrando los pies, susurrando palabras inconexas. ¿Adónde irían a parar así?

Un remanente de duda, aunque no había mucho margen de error tratándose de una relación como la que los unía, lo hizo buscar confirmación. No había más testigos que los esclavos del taller, de modo que tendría que preguntarles a ellos. Vaciló antes de hacerlo, porque era impropio consultar con esclavos, podían darse aires y llegar a creerse importantes (lo eran, pero mejor que no lo supieran). En fin, se dijo que a grandes males grandes remedios. Además, a los esclavos del taller los tenía en comodato.

Dio toda la vuelta al taller, hasta el portalón de las mulas, que siempre quedaba entreabierto por el olor, y por la rendija podía ver adentro. Al primer esclavo que se cruzó lo chistó para llamarle la atención, y levantando el dedo índice y torciendo hacia sí una y otra vez las falanges superiores le ordenó que saliera, a la vez que lo conminaba al silencio cruzando los labios con el índice de la otra mano. Repitió la operación con otro después de interrogar al primero, y con otro más, y otro, y de todos recibió las mismas respuestas: no habían notado cambio alguno en el asistente, seguía tan activo como siempre, tan severo con ellos, tan eficaz en la talla y el modelado. Primero se enojó, pensando que le mentían; después de todo, eran seres humanos y podían mentir. Pero su manejo deficiente de la lengua tenía que hacérselo demasiado difícil para que lo intentaran. Y sus ojos de cervatillos asustados eran garantía de veracidad. Debía de ser cierto que no habían notado cambio porque en cuanto seres funcionales no veían más allá de la función que cada uno cumplía. Y mientras el asistente siguiera haciendo estatuas, no verían otra cosa en él.

Pero pronto lo verían, ya que era inevitable que la producción se resintiera. La dupla creativa no funcionaba en esas condiciones; de su cabeza podían seguir saliendo las más bellas estatuas del Ática, pero no tenían adónde ir. Un deprimido no era el receptor ideal, ni siquiera el más mínimamente adecuado, para recibir el mensaje eufórico del arte. La mano se entumecía. Y sin la mano llevando la idea a la materia, no había estatua. Más de una vez se había felicitado de tener un asistente capaz de leerle el pensamiento. Esto no debía tomarse en sentido literal; por supuesto que no le leía la mente, nadie podía hacer tal cosa salvo un charlatán de feria que empleaba trucos. Pero el sentido de la metáfora era claro: el asistente captaba al vuelo su intención, entendía casi antes de que él mismo hubiera terminado de entender lo que estaba proponiendo… De hecho, más de una vez había estado a punto de creer que realmente le leía el pensamiento.

Esa línea de comunicación había fluido en una sola dirección. Él no sólo no había leído el pensamiento de su asistente, sino que no se había tomado el trabajo de averiguar nada sobre él. No sabía si tenía mujer, hijos, padres… A propósito, ¿qué edad tendría? Por su energía y el fuego de sus movimientos era un veinteañero, por el tiempo que llevaba a cargo del taller y la cantidad de obra que había salido de sus manos, estaba en el umbral del retiro. No es que fuera un ser polimorfo o misterioso, era que su empleador no había prestado la debida atención a su persona. No sabía dónde vivía, qué hacía a la puesta del Sol cuando cerraban el taller. Había una montaña de información que no tenía y que habría podido serle útil a la hora de buscar una solución al triste predicamento en que se hallaban.

Esa noche se fue a acostar sin haber llegado a ninguna conclusión tranquilizadora, y como no podía ser de otro modo tuvo un sueño que manifestaba de modo perturbador las inquietudes que lo asediaban. Si hubiera estado de humor algo más ecuánime quizás podría haber encontrado claves interesantes en él; tal como se sentía, no estaba para análisis sutiles de las construcciones nocturnas. Una pena, porque era un sueño con estatuas, excepcional en él. Aunque no debía de ser raro que un escultor no soñara nunca con estatuas, ya que ese sueño era su vida diurna.

En el sueño las estatuas cobraban vida y se atacaban entre sí, todas contra todas, Heracles contra Artemisas, ninfas contra ninfas, Plutones contra Gorgonas. Pero no eran los personajes que representaban, habían renunciado a sus prestigiosas caracterizaciones y se retrotraían a la bruta piedra para pelear mejor, desembarazados del significado. La caballerosidad de Apolo nunca le habría permitido darle esos puntapiés a una Afrodita inerme y en escala reducida; como mármol podía permitírselo, y la saña que ponía probaba a las claras que en tanto representación del dios se había venido reprimiendo mucho tiempo. Lo mismo con todos los demás. Los miembros y pedazos de miembros volaban por el aire, en un revoltijo giratorio. Nadie moría en esta guerra, salvo unos perritos blancos a los que aplastaban losas que caían de arcoíris negros.

Hasta un arúspice aficionado habría encontrado muchos signos útiles que interpretar, en un sueño tan rico en incidentes. Pero para eso habría sido necesario percibirlos y registrarlos, y él, testigo privilegiado del espectáculo, no prestó la debida atención. Tenía la cabeza en otra cosa. No era de los que podían poner en compartimentos estancos las diferentes temáticas de su vida cotidiana. Una preocupación lo invadía todo, y así su vida dependiera de ello no podía pensar en otra cosa.

Y de hecho, por la mañana no quiso pensar en nada porque si lo hacía terminaría en los viejos y transitados callejones sin salida, que eran el destino habitual de sus trayectorias intelectuales. Después del desayuno y las lavatorias salió, para ventilarse un poco y perfeccionar su propósito de no pensar. Era una mañana radiante, aire de cristal, olores de malva, Sol aplicado en el cielo como una moneda de oro, piedras blancas, árboles rosados. En las cercanías, el Helesponto de los calamares enviaba mensajes de lejanías. Sus pasos lo llevaron a las escalinatas. Bosquecillos de naranjos detenían las voces que transportaba el silencio. Respiró profundo y sintió todo el peso de los contrastes que aporta la realidad cuando uno deja de especular. Todo lo que veía era manifestación de la Antigüedad griega que se deslizaría por los siglos como un carrito lleno de sensaciones de bienestar. No se le escapaba que el suelo que pisaba, los escalones de piedra que lo llevaban hacia lo alto, todo el conjunto había derivado del mar. Las islas habían bailado sobre las olas llevadas y traídas por corrientes submarinas. Nada aseguraba que el estadio de formación hubiera concluido. La cabellera de las sirenas seguía agitándose. Había espacios positivos y negativos, como en sus estatuas, la vida urbana así lo requería, lo reticulado, la observación. Gloriosamente desabrigada, la población recorría las calles.

No le entraba en la cabeza este asunto de la depresión. En realidad no sabía qué era eso. Nadie lo sabía en la cultura toda hecha de luz de la Grecia antigua. Era un anacronismo. Sin embargo se lo podía deducir. Vivir costaba trabajo, eso era una realidad, no tenía por qué ser siempre una rutina aceitada por el Sol y las estrellas. Evidentemente al asistente algo se le había trabado. El proceso para llegar ahí no había sido visible, al menos para él. Tenía que enfrentar el hecho consumado. ¿Ese hecho era la depresión, o era un deprimido? Si lo primero, tenía que enfrentar a un enemigo y vencerlo; si lo segundo, el enemigo se ocultaba en un aliado, el que más necesitaba para llevar adelante las victorias en el campo artístico. Lamentaba que la vida real no fuera como las alegorías de la mitología escolar. Si la depresión fuera un monstruo feo y baboso en el fondo de un bosque o en las laderas escarpadas de las montañas podría atacarla con el hierro de la espada: solucionaría el problema de un tajo, y de paso quedaría como un héroe.

Insensiblemente en el paseo matutino fue haciendo a un lado su resolución y volvió al problema. Sopesó posibles causas: estaban los problemas físicos, los músculos que se averiaban por el trajinar de pesos excesivos, inevitable en el trabajo con bloques de mármol. La consciencia del deterioro del cuerpo bien podía sumir al más valiente en estados de tristeza. Pero su asistente no era de los que se arredraban por un dolorcillo. Otra posible causa era la convivencia con las estatuas antes de que las pintaran. En ese estadio, cuando ya estaban terminadas y pulidas, eran un espectáculo desolador: blancas como fantasmas, hacían pensar en la muerte. Él mismo lo había sentido, y era uno de los motivos por los que no frecuentaba el taller. Pero no era tanto como para desencadenar una depresión en regla. Era parte del oficio, y el que hacía estatuas no tenía más remedio que acostumbrarse porque las estatuas no nacían pintadas, era inevitable que pasaran por ese purgatorio de blancura antes de que se les aplicara el color.

Tenía que haber algo más. Pero seguir buscando por ese lado no parecía la mejor alternativa. No sentía ninguna inclinación por hurgar en el alma de nadie, le parecía indiscreto, poco delicado. Además, él estaba demasiado cerca, en cierto modo era parte del problema. Debía pedir ayuda externa, diagnóstico, consejos, hacerse asesorar por los que sabían. Pero ¿quién sabía? Mirando a su alrededor, el brillo inmaculado de la mañana, la geometría de las casas, el bullicio lejano del mercado, era inevitable pensar que nadie estaba en autos. Si preguntaba creerían que hablaba de una de esas pesadas tragedias del teatro. En la vida corriente al dolor lo habían exiliado a las leyendas, y aun en ellas lo revestían de mascarada, como para que nadie se lo tomara muy en serio. Y sin embargo la angustia existía, así fuera en un solo hombre. Lo había visto, y sentía la urgencia de devolverlo a la alegría, o por lo menos a la sana indiferencia. Tenía que devolverlo a su época, a su mundo. Quizás cuando los dioses se retiraran todos sufrirían lo mismo que él. Pero no era cuestión de adelantarse.

No había mucho de dónde elegir. Es decir: había mucho, pero lo descartó antes aun de considerarlo: había sofistas, innumerables, dando consejos hasta a los que no se los pedían, perorando sobre la felicidad y la virtud y cómo lograrlas, poniendo a prueba la paciencia del ciudadano con razonamientos encadenados que no terminaban más. Los tenía por unos charlatanes desprovistos de sentido común, farsantes que lucraban con la ingenuidad del griego medio, encandilado con la palabra prestigiosa. A él no lo engañaban; hombre de volúmenes sólidos, podía ver a través del humo de la retórica.

Lo que quedaba eran los oráculos, y ahí sí había una vertiente razonable. Además, a diferencia de los sofistas, eran gratuitos. Eso lo decidió, sin tomar en cuenta que organizar y proveer un viaje al oráculo le saldría diez veces más caro que la consulta a un sofista. Sus hábitos de ahorro lo llevaban con frecuencia a esos quiproquos. Para peor, decidió ir al de Dodona. Le quedaba más lejos que Delfos, y el camino era más accidentado, pero valía la pena sobrellevar las molestias del viaje si se pretendía una consulta eficiente en condiciones aceptables. Delfos, antaño la meca de supersticiosos de todo el orbe helénico, había caído en un desprestigio sin retorno. Era lo que pasaba siempre que un oráculo se popularizaba en exceso. No daban abasto, el despacho era tan precipitado y sucinto como el de una verdulería, y la cantidad de gente en un espacio preparado para pocos creaba un sinfín de incomodidades. El mismo Apolo había perdido lustre, tanto que muchos se preguntaban cómo podían haber tomado en serio a un dios que basaba su dignidad en la apostura de galán rompecorazones. Nadie le negaba lo lindo que era, pero esa misma belleza hacía pensar en la falta de cerebro. Por mucho que los griegos apostaran a la estética ante todo, había un momento en que pedían algo más, en parte por la prédica de los sofistas, en parte por cansancio de la imagen en tanto imagen. El flechador impenitente llevaba todas las de perder en los tiempos que corrían. Además, y para completar, no existía.

Zeus, que presidía Dodona, tampoco existía, pero su rol no exigía existencia concreta, como lo hacía el de un seductor de incautos. Era más abstracto, más austero. Atraía un público menor pero más selecto. Al final los viejos conservadores se imponían a los revoltosos jovenzuelos que se llevaban el mundo por delante. Sincero consigo mismo, el escultor se confesaba que en la ocasión había tenido otro motivo para elegir Dodona, más allá de Zeus: que estaba más lejos. Le regalaba más tiempo de ausencia como para no tener enfrente la visión triste de su asistente deprimido. Podía ser contradictorio con su deseo de curarlo, pero temía que hacerlo cerca de él podía producir alguna clase de contagio; en realidad, ejerciendo una vez más la sinceridad, no lo temía: si de algo estaba seguro era de que no se iba a deprimir nunca. No sabía por qué, pero estaba seguro. Entonces, el residuo de verdad que quedaba al fin decía que el nombre del viaje a Dodona clamaba por la palabra Vacaciones. Las necesitaba. Siempre las había necesitado, y la suerte había querido que tuviera la inventiva para darse excelentes excusas para tomarlas.

Llevaba sus propias Pitias, porque no confiaba en las residentes, que se automatizaban demasiado y daban respuestas convencionales que se sabían de memoria. En realidad daba lo mismo, y hasta era posible que esas fórmulas repetidas pronunciadas con desgano pensando en otra cosa contuvieran más verdad que los gritos de las poseídas. Pero a él le gustaba el despliegue histriónico de los brazos alzados, la cabeza echada atrás, el cuerpo en arco, la transfiguración del rostro. Semejaba una danza cuya música eran los roncos alaridos del lenguaje profético, los agudos desgarradores, el balbuceo quebrado. Los giros, los saltos y torsiones frenéticas hacían un contraste energizante con el mobiliario mental de un escultor, donde reinaba una inmovilidad pretendidamente elegante, pero también aburrida.

Las llevaban en una jaula, aplacadas con nepente. Doce esclavos se ocupaban de las cuestiones prácticas del viaje. Él iba aparte, perdido en sus pensamientos. Los pensamientos asomaban de su cabeza como pinchos de cuarzo transparente. No podía liberarse del pensamiento. Lo acompañaba a todas partes. Toda su vida se había felicitado de que así fuera, como correspondía al miembro de una cultura avanzada, parangón de lo humano en su más alta expresión. Y no faltaban motivos para hacer su elogio. En el pensamiento estaba todo, lo existente como lo inexistente, lo verdadero como lo falso, las taxonomías de la naturaleza como los episodios de la fábula. Y él lo tenía siempre en la cabeza, como una enmarañada cabellera.

La metáfora de la cabellera le trajo a la mente otra metáfora afín, la de la peluca, que uno se la podía sacar, para que la cabeza sintiera el fresco de la brisa. Esta idea estaba en consonancia, y le daba forma concreta, a un sentimiento que lo había venido persiguiendo últimamente. El pensamiento estaba muy bien, de acuerdo, era muy útil y nadie lo discutía. Pero no se lo podía sacar de encima. No era optativo. Los mejores dones de la Naturaleza y la Cultura, para ser realmente los mejores, no deberían ser obligatorios, como empezaba a sentir que lo era el pensamiento.

Era una constante en su vida: pensar, pensar, dejarse llevar por el discurso interior, encontrar siempre un enlace con otro tema sólo para poder seguir pensando. Terminaba siendo tedioso. Y algo peor: un modo de malgastar la vida, o lo más valioso que tenía la vida, el tiempo. A diferencia del pensamiento, que era una pura nube de nada, el tiempo era concreto, irreductible como la piedra. En el tiempo estaban sucediendo las más variadas actividades, interesantes, enriquecedoras. Claro que la acción tenía riesgos, uno podía salir lastimado de ella, o morirse. Debía de ser por eso que él se había refugiado en la labor mental, por cobardía. O por una inclinación natural a la que cedía por cobarde. O porque tenía un asistente que le hacía todo.

Abrió los ojos y vio frente a él las estribaciones de los montes Pindo, con el pico del Tomanos asomando en el centro. Le costó creer en lo que veía.


Un impulso a medio camino le hizo cambiar el plan de viaje. Advirtió que un desvío de poca monta lo llevaría a la costa en el sitio donde habían levantado un templo de Poseidón. Era una oportunidad para conocerlo, y si no la aprovechaba podían pasar años sin que se diera otra. Sabía lo sedentario que era, lo raro de las interrupciones de su rutina doméstica. No se debía al trabajo, ya que éste era mental, y a la mente la llevaba a todas partes. Era más bien efecto de su carácter, de las perezas y postergaciones acumuladas. Había tenido que darse un imprevisto tan urgente que hiciera necesaria la consulta al oráculo para que se decidiera a salir del cascarón

Dicho y hecho. Con una presteza ejecutiva que no se conocía organizó la modificación. Iría a la costa solo, acompañado nada más que por tres esclavos con lo necesario para dos días, y el resto del pesado cortejo con las jaulas seguiría adelante y lo esperarían en Kalitea.

El motivo que lo movía no tenía nada de piadoso. Poseidón le era indiferente. Y templos no faltaban por todas partes como para saciar curiosidades arquitectónicas. Sucedía que era él quien le había vendido a este templo la estatua del dios que lo presidía, y le dieron ganas de verla instalada. Hacía una excepción, pues no le gustaba ver sus estatuas una vez que salían del taller. Prefería conservar el recuerdo, que se confundía con la idea original, antes de la realización. Ésta quedaba como un intervalo polvoriento y ruidoso entre los contornos puros tanto de la idea como del recuerdo. El prestigio que había ganado le jugaba en contra cuando tenía que enfrentarse con alguna de sus viejas estatuas, cosa que pasaba inevitablemente de vez en cuando. Su fama era intangible, las obras que la sostenían estaban provistas de una realidad que como toda realidad era opinable, y no quería exponerse a su propia opinión.

Pero podía hacer excepciones, y en este caso había una razón para hacerlo. Ese Poseidón había sido la última obra de importancia que había hecho su asistente antes de que se manifestaran los primeros signos de la melancolía. Había estado meses trabajando en él, y no era imposible que hubiera dejado alguna señal que iluminara su trastorno. El enorme toro, el viejo barbado, el tridente: de sólo pensar en esas masas el ánimo decaía, cuánto más hacerlas.

Después de darle severas instrucciones a su mayordomo Diodoros, emprendió la marcha. Desprendido del grupo, sintió como si apenas entonces empezara el viaje. La charla incesante de los esclavos quedó atrás, la sintió hundirse a sus espaldas. A los tres que seguían su caballo los conminó al silencio, y se encontró sin habérselo propuesto expresamente dentro de un paisaje lleno de silencio. Las montañas valsaban a su alrededor, los conos de nieve alternaban con esplendores verdosos que aterciopelaban rosas y cristales. Los senderos que buscaban las patas del caballo se extendían hacia los pasadizos entre volúmenes de hierba. Era como caer en cajas que cayeran en otras cajas. Estaba encantado. «Debería hacer esto más seguido», pensó. La práctica ideal de la escultura lo había predispuesto a pensarlo todo en términos de contigüidad. Tenía que salir a los caminos del mundo real para comprobar algo tan evidente como que entre las cosas hay espacio. Lo estaba atravesando, con un delicioso sentimiento de obviedad.

El templo apareció ante él, coronando el último peñasco antes del mar. En el propileo las columnas desafiaban la severidad de las líneas rectas con una consumada repetición. El estiolábato, de planchas de mármol blanco y rosa apiladas conformaba la base de un pórtico con filetes dorados. El cuerpo de la construcción, un rectángulo de alzada, estaba calzado en un friso continuo a veinte codos de alto, con los bajorrelieves de toros estilizadamente deformes. Bajo la luz blanca de la mañana el gigante aislado (no tenía santuario) latía al ritmo del mar allá abajo.

En otro momento… otro momento de su vida y otro momento de la historia en la que estaba embarcada su vida, habría hecho una reflexión crítica refiriendo el gasto colosal que representaba levantar un templo de estas dimensiones para honrar a personajes imaginarios y satisfacer la vanidad de un clero que no contribuía en nada con la realidad, sólo con su pompa. Esos dracmas bien podrían haberse usado para algo útil, como por ejemplo un acueducto que aportara algo de humedad a estos eriales.

Y ni siquiera los beneficios de los hábitos de religiosidad podían ponerse como justificativo para el gasto, porque este templo se encontraba lejos de todo centro poblado, y sólo debía recibir una visita casual de vez en cuando, de mera curiosidad, como era la suya. La razón de ese emplazamiento era característica de la mentalidad griega: la conveniencia quedaba relegada a la fábula. Algún mitógrafo trasnochado había decidido que en ese punto de la costa había desembarcado Poseidón procedente de Creta, y no se necesitó más para plantar ahí un oneroso templo.

La experiencia que lo esperaba en el templo, al que no llegaría a entrar, fue muy diferente de todo lo que habría podido esperar. Se inició con alguien que subía resoplando cargado con dos cubos de agua. Ya en una escena tan banal había más de un motivo para intrigarse. Era un hombre de su edad, nada joven, bajito y en no muy buena forma física, lo que hacía extraño que se lo hubiera puesto en una tarea propia de fornidos esclavos que no debían faltar en una institución clerical de importancia. Más extraño era que luciera las teselas sacerdotales. O bien era indumentaria descartada que le habían dado a este sirviente, o bien… Pero no, no podía ser un sacerdote. Esa altiva casta no se avenía al trabajo ni a punta de lanza.

Y sin embargo, era. Lo sabría poco después; por el momento, lo reconoció como un antiguo condiscípulo al que no había vuelto a ver desde hacía más de treinta años. Onésimos, así se llamaba, había sido parte del grupo de amigos adolescentes que se reunían por las tardes en las escalinatas de la Academia y hacían recorridas por las colinas circundantes, librándose a diversiones que a la luz del comportamiento de los jóvenes de generaciones posteriores sonaban muy inocentes. En esta inocencia había una cuota de crueldad, que inevitablemente apuntaba a Onésimos. Bajo de estatura, regordete, lento de entendederas, crédulo y asustadizo, lo tenía todo para ser objeto de las pullas de los más avispados. Eso hizo que terminara siendo el más particularizado del grupo, mientras que los demás se fundían en una masa indistinta. Él también debía de estar en esa masa, a pesar de lo cual Onésimos lo reconoció, y no mostró sorpresa al verlo, casi como si lo esperara.

Depositó con alivio los cubos en un escalón, no sin una mirada temerosa al pórtico, el vacío y silencio del cual también parecieron aliviarlo. Se mostró amistoso y con ganas de hablar, y lo primero que surgió de la conversación fue que, efectivamente, era el sacerdote oficial de Poseidón. La mirada que el escultor dirigió a los cubos de agua ante esta revelación comportaba una pregunta. Quedaría contestada poco después, pero por el momento Onésimos se limitó a comentar que las vírgenes del templo siempre estaban necesitadas de agua para higienizar las puertas de la procreación. Difícil saber qué clase de chiste era, pero él mismo se lo festejó con una carcajada. Después volvió a mirar hacia el pórtico, y al parecer vio que no había peligro, así que lo invitó a seguirlo hasta arriba, a un sitio donde, dijo, podrían charlar. Aceptó agradecido la oferta de su amigo de llevarle uno de los cubos: los dolores de cintura que le producían estos acarreos, dijo, lo estaban matando. Todo lo decía con guiños de buen humor, su sonrisa infantil con los dientes de conejo seguía siendo la misma de su juventud, así como el brillo de los ojos en su cara redonda de hombre feliz a pesar de todo.

Lo guió hasta un receso entre dos columnas. Las bases les sirvieron de asiento.

—Hablemos —dijo Onésimos.

Buscando una introducción que llevara por caminos no demasiado obvios a la satisfacción de su curiosidad, empezó felicitándolo por su posición. No cualquiera llegaba a sacerdote, y menos de una divinidad tan exigente como el viejo del tridente. Se arriesgó un poco más: lo habría esperado menos de él que de cualquier otro, dijo, lo recordaba tan quedado, tan sumiso, muchas veces se había compadecido al ver las chanzas que le dirigían los condiscípulos, y hasta había adoptado actitudes discretamente protectoras. El futuro que le auguraba en aquel entonces era mucho menos brillante que éste de jefe de liturgias de un templo.

Alguien más perspicaz o malpensante que su amigo habría detectado ironía. Quizás la detectó, pero parecía acostumbrado a perdonar. Y sin más empezó a contarle cómo había ido a parar allí.

## La historia de Onésimos

Tendrás que perdonarme –dijo Onésimos– que empiece con algunas precisiones históricas de contexto. En realidad no importa que me perdones o no, porque tendrás que soportarlo igual: desde que mostraste interés en mi historia quedaste atrapado en las redes de la amistad y la buena educación. Sé la impaciencia que causan esas introducciones. Uno se dispone a oír un cuento, y lo demoran con aburridas exposiciones como si uno fuera un escolar. La cortesía de un narrador debería hacerle ver la diferencia entre el que quiere oír una historia y el que quiere datos o información. Si la historia es nueva, como puede serlo lo que le pasó el día anterior al que la cuenta (y no es uno de los socorridos mitos con los que vienen abusando de nuestra paciencia desde que éramos chicos) no sabemos lo que vamos a oír, no podemos saberlo porque es lo que le sucedió a otra persona cuando no estábamos presentes. En cambio si nos van a tirar información, está la posibilidad de que ya la conozcamos. El que habla presupone nuestra ignorancia, y ahí hay un motivo más de irritación.

Dicho lo cual, agrego que estoy seguro de que esta información introductoria es más que inútil en tu caso, porque no podrías ignorarla. Digamos entonces que la pongo ahí por motivos estéticos, para agregarle a lo no sabido (mi historia) la pizca de sal de lo sabido, que le dará sabor. Somos conscientes de vivir en la Antigüedad. Para nosotros es el Presente, lo único que hay además del Pasado, que consiste en otras Antigüedades, y basta pensar lo poco que sabemos de ellas para que caigan nuestros prejuicios contra la exposición de las condiciones sociohistóricas en las que nos movemos.

A ellas, pues. Como sabrás, la contaminación oriental que venimos sufriendo desde que los dioses ubicaron a Grecia tan cerca del Asia, hace que la situación de la mujer no sea lo que debería ser en un medio civilizado. Recluidas, sometidas a padres o maridos, privadas de derechos civiles, han debido resignarse a una minoridad perpetua. El poder que esto les concede a los hombres a cuyo cargo están, que además de padres o maridos pueden ser hermanos mayores y hasta cuñados, alienta a éstos al abuso y la tiranía. Reposamos en la confianza de la evolución de la cultura, que traerá consigo la humanización de las costumbres. Pero aquí volvemos a lo mismo. Esa confianza postula un presente desde el cual se arrojan todas las Antigüedades como balones, a rebotar contra los muros del tiempo.

Lo que no podían impedirles era pensar. Y no es difícil imaginar lo que habrá fermentado en sus cabecitas bajo el elegante peinado, en busca de una mejora en su situación.

Claro que deberíamos preguntarnos si de verdad querían cambiar algo en su modo de vida, y ahí la respuesta es dudosa. No sólo porque la fuerza de lo ancestral ya es un condensador de conformismo, sino porque las condiciones materiales en que se encontraban podían parecerles ideales. Tenían casa, comida, comodidades, ninguna preocupación por dinero, ociosas, protegidas, cuidadas. Frente a esas ventajas materiales y tangibles, la dependencia y la minoridad eran escrúpulos abstractos. Lo único que desentonaba en una situación ideal era el hombre en cuestión, que decidía y tenía la última palabra y ante el cual había que agacharse. Suprimido él, todo estaba bien. Pero era imposible suprimirlo ya que siendo el vértice de la institución familiar también era su base, y sin él no había institución, ni influencia oriental ni reclusión ni nada.

Pues bien, aquí asomó la idea, quién sabe en qué cabeza, si no fue en todas a la vez, la idea que en cierto modo se caía de madura, que dio la clave. Si al hombre no se lo podía suprimir, se lo podía cambiar de naturaleza. Un Marido Sumiso era el elemento que lo cambiaba todo. Su emergencia liberaba todas las ventajas.

Pero un Marido Sumiso era una quimera (las mayúsculas con que lo pronuncio te lo está diciendo). Como todas las soluciones que surgen del pensamiento, son demasiado perfectas para resistir la prueba de la realidad. La educación, la tradición, el tenor social de la Antigüedad griega le daban al macho humano una textura dominante de la que no se apearía jamás. Eso era definitivo, y más valía no resistirse.

Cuando todas las liebres son tímidas, es inevitable que se escriba el cuento de la liebre agresiva. Si todos los lobos atacan y matan, el lobo manso y cariñoso es materia ideal de una historia. De esa clase de mecanismo nació el mito del Marido Sumiso. Algo tan patentemente inexistente no podía dejar de generar una historia. Grecia es una patria de mitos, de cada figura de la Naturaleza o de la Sociedad hemos hecho una historia, un cuento para contarles a los niños o a los eternos niños que somos los griegos. Pero no toda Grecia tiene esa característica: sólo la Grecia antigua. Ahí, en la Antigüedad, es donde nacen los mitos, no donde se los cuenta y recopila, versificados o no, en libros. Y los mitos no nacen porque sí. Siempre hay un elemento real en su génesis, y en este caso el elemento real fui yo.

No te asombres. Fuiste testigo de mi apocamiento desde niño, de mi miedo al mundo que no hizo más que crecer conmigo, mal disimulado por la eterna sonrisa con la que fingía hallar divertidas las bromas que me hacían. Participaste en esas bromas, y estoy seguro de que estarán en el repertorio de recuerdos risueños de los condiscípulos de antaño. No quiero decir que haya bastado con mi fama local de infeliz. Fue la base. Se consolidó cuando me casé. Eufrosine era la mujer que me convenía. No creas que omití tantear el terreno antes de comprometerme. Hija natural de un sofista y una bailarina, había sido criada sin una atención especial, lo que le había dado ese ensimismamiento que yo tan bien conozco, propicio a la obediencia. Tímida, rolliza, asentía a todo lo que yo decía, y no me pareció mal que contribuyera a su consentimiento mi buena posición económica. Porque para compensar mis debilidades sociales heredé olivares que daban una renta apreciable. Nos instalamos en una casita de tres esclavos en el soleado corazón del Ática. Viví tranquilo un lapso, no más. Mi esposa captó al vuelo la peculiaridad de mi carácter. Yo no me había preocupado por disimularla. En mi inexperiencia, creí que dos tímidos podrían convivir pacíficamente en el plexo de la timidez. Eufrosine, la Crisálida, se abrió en una roja corola de despotismo. Fue delegándome una a una las tareas de la casa, y descubrí que aun con el auxilio de los esclavos son una carga; de hecho, los esclavos son un trabajo más; quizás la evolución de las costumbres perfeccione la institución de la esclavitud de modo que realmente sean una ayuda, pero por ahora son una carga. Una a una las tareas se fueron acumulando sobre mí. Llegado un punto de saturación, tuve el buen tino de escaparme. Una madrugada me escabullí; no habría necesitado hacerlo tan temprano, porque Eufrosine dormía hasta tarde; pero quise hacerlo así para que sonara más como en los cuentos, ahora que yo sospechaba que me estaba convirtiendo en uno.

La exaltación del camino, sumada a la sensación de libertad, me hizo creer que mis problemas habían terminado. Descarté la culpa. Tantos maridos habían escapado del error conyugal que lo mío no pasaba de un inofensivo estereotipo. No sospechaba que el nuevo estereotipo se estaba creando en la estela de mis pasos. El Marido Sumiso existía. Alguien había plantado la semilla, y ya se sabe lo fecundo que es nuestro suelo. En los confines de la Beocia me atrapó Lamia, con ardides que no supe evitar. ¿No supe o no quise? El corazón es traidor. Empezó tratándome como su perrito faldero, y cuando quise acordar me estaba mandando a pasear a sus perritos falderos, tres veces por día. Mientras a ella la peinaban yo cosía las sandalias, le recortaba los bigotes a mi suegro, mezclaba las tinturas. No tenía descanso. Exigente, ella no confiaba en los esclavos para los trabajos finos, y recaían en mí. El problema era que todos los trabajos eran finos. Sus órdenes llovían. A las esclavas con las que se entregaba a sinuosos erotismos les decía que yo era el marido ideal. Aproveché la ocasión en que me mandó a comprar ópalos para desaparecer.

Hubo otros matrimonios, otras huidas. Llegué a preguntarme si la serie no tendría fin. Dependía de mí, pero yo dependía del personaje que se había creado a mis expensas, el Marido Sumiso. Un beneficio marginal fue que me permitió conocer toda Grecia. Como escapaba siempre en una dirección diferente no hubo región de nuestra luminosa patria en la que no se proyectara mi sombra. Se dice que la Antigüedad griega está poblada de arte y filosofía; yo que la recorrí de arriba abajo puedo dar fe de la inenarrable ignorancia y vulgaridad que son la regla, no la excepción. Y la avaricia, la brutalidad... ¿Qué podíamos esperar los que estudiábamos a Parménides? Cerebros girando en el vacío. Y la guerra, una constante. Escondido atrás de un árbol o un peñasco veía pasar las tropas. Una vez, por casualidad, llegué a la Arcadia. El nombre me hizo creer que iba a encontrar las reputadas serenidades pastoriles que se le adjudican. Qué va. Era un chiquero, salvo que los cerdos son más presentables. De hecho, allí me pescó Helena, que me tuvo a maltraer hasta que me hice humo. Otra leyenda de la que más vale no fiarse es que en los viajes se conoce gente interesante y pintoresca que lo enriquecen a uno con curiosas historias de vida. Lo único que se encuentra es la repetición de la comedia idiota, igual en todas partes porque los hombres no pueden evitar ser todos iguales. También actuaba sobre mí esa compulsión de repetición, porque una irresistible necesidad de vida de hogar me llevaba a postularme de marido una vez más, a pesar de las malas experiencias pasadas, quizás llevado por la facilidad con que me aceptaban, mujeres ansiosas por salir de la tutela de padres o hermanos y vivir la libertad de un marido con el que pudieran hacer lo que se les antojara. Mi capacidad de escapar me aseguraba que nada sería definitivo. Creo que desarrollé una adicción a la huida, al momento incomparable de alejarme, como un pájaro. Para eso necesitaba antes el yugo. Las repeticiones se sucedían.

Mientras tanto, mi figura había tomado dimensiones populares. Lo comprobaba en plazoletas de ciudades perdidas entre las montañas, donde aedas ciegos cantaban las sagas del Marido Sumiso. ¿De dónde sacaban letra? Esas estrofas no venían de arcaicas tradiciones, sino de muy cerca, de mis sucesivas esposas, a las que mi paso por sus vidas les había dado alardes de poesía. Una poesía desprovista de imaginación y vuelo, porque se limitaban a contar lo que me habían hecho y jactarse de ello. El destino se había cerrado sobre mis corvas. En sueños, me perseguían caballos con arreos de fuego.

Si había creído que con el matrimonio se terminaba la historia, estaba equivocado. Había un paso más, y éste sí, definitivo. Porque más allá de las esposas sometidas, estaban las vírgenes de los templos, inermes ante sacerdotes todopoderosos que las violaban, las azotaban, las sometían a toda clase de vejaciones y a sangrientos abortos de los que resultaban trastornos anímicos permanentes. La posible existencia de un Sacerdote Sumiso asomó como un ideal difícil de creer al comienzo, pero ahí estaba yo, girando como un trompo parmenídeo en los versos de moda. Yo tampoco lo creí. No creí que se atrevieran a investir con la túnica bordada al ser más incrédulo que hubiera salido de los tejemanejes de los dioses. Pero lo hicieron. Aprovecharon la inauguración de este templo para manipular la elección, y heme aquí sacerdote, sometido a las órdenes no ya de una esposa sino de una docena de vírgenes caprichosas. Qué digo vírgenes, debería decir víboras. Todas las prestaciones del día a día reposan sobre mis hombros, hasta la higiene de los baños; a mis cansados miembros les da la impresión de que siempre están inventando trabajos nuevos que encargarme, para eso no les falta imaginación. Los esclavos están para el servicio de sus lechos. Con los fondos sacros se agenciaron una buena cantidad de nubios corpulentos de ojos verdes, eficientes a juzgar por la cantidad de partos. Porque ahora no hay quien las obligue a abortar, y las galerías del templo están llenas de revoltosos mulatillos que no me hacen más caso que sus madres.

En fin. Aquí terminaré mis días. Ya no habrá más fugas. La red de vírgenes consagradas que cubre todo el país está alerta, y si me escapara de aquí no tardarían en pescarme en otro templo. En éste ya pagué el derecho de piso, y me habitué. El aire marino me sienta, y siempre hay pequeños consuelos. Uno muy curioso es el que me da la estatua de Poseidón que hay adentro. Por raro que te parezca, el rostro de ese dios de bronce es el tuyo, como si te hubieran usado de modelo. Por eso no me sorprendí cuando te vi hace un rato. Lo miro, si tengo un momento entre un trabajo y otro, y recuerdo nuestra amistad, y tu figura arrastra las de los otros amigos, y el recuerdo tan dulce de la juventud basta para entibiarme el corazón.

*Fin de la historia de Onésimos*

¿Cómo era posible, se preguntó, que este hombre no se hubiera deprimido? ¿No estaban dadas todas las condiciones para que se desanimara y le perdiera el gusto a la vida? Por mucho menos otros se dejaban arrastrar por la melancolía. Y se lo veía contento, sonaba sincero al decir que estaba reconciliado con su suerte. Podía ser efecto de una mente simple, la falta de exigencias del que no pedía más que techo y comida y no le importaba si tenía que pagarlos con humillaciones y trabajos. Era la primera explicación que se le ocurría, pero una mente simple no hace un relato como el que acababa de oír. El dominio del arte narrativo, el nivel de claridad y calidad que había mantenido, indicaba la evolución mental que hacía al hombre propenso a volverse el enemigo de sí mismo. De modo que había que descartar una alegría por carencia. Si no se había deprimido era por otro motivo.

¿Tendría algún secreto, alguna técnica especial para mantenerse a flote en el mar de naufragios que era la vida? No eran preguntas ociosas. Después de todo, este viaje que había emprendido tenía por objeto dar con el remedio que un hombre parecía haber encontrado. Si era así, no tendría nada de extraño: muchas veces la meta estaba en la mitad del viaje, no en la llegada. Barajó varias posibilidades, con cierto apuro porque le parecía importante, y era consciente de que la fatiga de pensar podía hacerle abandonar el tema si duraba mucho. Una opción estaba en el viejo truco de no tomarse las cosas en serio. Sonaba muy de Onésimos, aunque más como efecto que como causa. Había escuelas filosóficas que proponían esa suerte de frivolidad de dejar que las cosas pasaran y no darles importancia. Pero el modo en que había hecho su relato, el esculpido tridimensional del detalle, delataba a un hombre demasiado observador para no ver las vetas desagradables en el muro del tiempo.

A partir de ahí se le hizo evidente que la clave estaba en el relato mismo. No había que ir a buscar más lejos. En efecto, teniendo un buen cuento que contar, así esté poblado con todas las desdichas del mundo, las desdichas se reabsorben en la narración y dejan de hacer efecto sobre su víctima. Para que eso funcione es preciso que el relato esté bien hecho, dotado de peripecias absorbentes, atmósfera, una progresión que sostenga el interés. Y eso no es para cualquiera; no cualquiera tiene un buen relato disponible. Onésimos lo tenía, y aunque le había costado vivir en un estado de servidumbre, tenerlo lo inmunizaba. Los que esquivaban los conflictos que eran la materia prima del relato podían tener una vida cómoda y tranquila, pero quedaban a merced de la depresión.

Los que vivimos en la Antigüedad griega, siguió diciéndose, con todo el Sol y la salada frescura del Ponto, con la desprejuiciada sexualidad que nos hemos sabido otorgar, con todas las ventajas que nos da una civilización floreciente, somos presa fácil de la depresión. No es contradictorio; esos bárbaros que viven en climas fríos, vestidos con pieles sin curtir y durmiendo en cuevas, no tienen tiempo para finuras psicológicas porque no viven una Antigüedad que será estudiada y admirada como la nuestra. Para ellos no es Antigüedad, es presente, y el presente se vive sin más, como todo lo provisorio. De esta malhadada propensión nuestra resulta que seamos también fanáticos creadores de historias, el instinto nos dice que las necesitamos, se las pegamos como etiquetas a cada piedra y cada árbol. Y hasta los dioses aparecen siempre envueltos en una historia, o mejor dicho son una historia. Eso viene de antiguo, y se lo diría una prueba de que los antiguos sabían que estábamos condenados de antemano a la depresión, y querían legarnos un antídoto, como quien le tira un salvavidas al mal nadador que se está por ahogar. Los cuentos inevitablemente se gastan, y los nuestros están muy limados, le sirven a la posteridad pero no a nosotros, que nos vemos en la obligación de experimentar situaciones nuevas y de razonable complicación y buenos detalles circunstanciales, como para no tener que inventar demasiado cuando las contemos.


¿Y el Poseidón? Ya había hecho un buen tramo en el camino de vuelta cuando cayó en la cuenta de que no lo había visto. El encuentro casual le había absorbido toda su atención, el efecto de la improvisación había sido demasiado fuerte. Una más de sus intenciones frustradas por la distracción. Los esclavos que iban detrás de él sabían perfectamente que el propósito de este desvío era ver la estatua, y lo habían visto sentado en el exterior del templo, para después retirarse sin entrar. Debían de estar riéndose de él. La institución de la esclavitud era necesaria si se quería vivir civilizadamente, eso nadie lo discutía. Pero comportaba esa asimetría insalvable: el amo no veía a los esclavos, que para él eran todos el mismo, y los esclavos sí veían al amo, de hecho no le sacaban el ojo de encima. Era cosa de sentirse observado en todo momento, como un ejemplar raro bajo la mirada atenta del estudioso de las especies.

Tenía una excusa para el olvido: el cuento que le había contado Onésimos. Nadie se resistía a un buen cuento, que tenía el poder de expulsar de la mente todo lo que le era ajeno. Eso podía deberse a que todo lo demás que alborotaba la cabeza era producto de la Cultura, y el relato, al ser su producto más acabado, anonadaba a cualquier competidor con su sola presencia. Aun siendo la resultante de los más altos refinamientos de la Cultura el relato conservaba la esencia de lo natural, y con ella las perfecciones a las que el hombre, con todas sus invenciones, no podía aspirar. El acabado liso y brillante de sus miembros gramaticales, el planteo hecho de filamentos delicados, las posibles bifurcaciones tan pulidas que el nácar parecía rugoso en comparación, después la corola de color brillante del relato propiamente dicho, hecha del resplandor de lo visible. Y por fin las curvas finas del desenlace, liso como el marfil de la dentadura de bestias mitológicas. La configuración de una historia tenía la clase de belleza que obnubilaba. A su lado cualquier artefacto, aun el que salía de las manos del mejor artista, palidecía, mostraba las condiciones precarias de lo humano. ¿Qué joya podía sostener la comparación con la gardenia? ¿Qué escultor no se avergonzaba de lo mejor que había hecho cuando le ponían delante un simple huevo de gallina? Así era la narración, y, por haberla visto de cerca se había olvidado de ir a ver el Poseidón.

Distraído en estos pensamientos, no se dio cuenta del descenso gradual de la temperatura. Un vientecillo sostenido del lado del mar le enfriaba el costado, y al tomar consciencia de la situación ya estaba sintiendo en el pecho y la garganta la conocida sensación del enfriamiento. Se alarmó, porque podía arruinarle el viaje. Cuando le daba tenía para diez días de tos y malestar general y su psiquismo necesitado del silencio del cuerpo hacía que mientras durara el clamor físico abominara de la vida.

La culpa era de lo griego, y para especificar más, de lo griego antiguo. El clima benigno había hecho que se adoptara una indumentaria liviana y abierta, a la que le entraban todas las corrientes de aire, así como las miradas de los libidinosos. Con el tiempo, cuando el progreso de la civilización hiciera a los hombres menos resistentes a los embates del mundo natural (y aprendieran a resistir al deseo de los efebos) la ropa se haría más abrigada.

Con lamentarse no ganaba nada. Debía actuar rápido si quería impedir que el mal evolucionara. Y la única solución probada era una bebida fuerte que repusiera el equilibro en el organismo. Pero ¿dónde conseguir una buena retsina en estos páramos? Se preguntó. Encontrarla no sería tan difícil, porque se la destilaba en todas las moradas. Lo difícil era dar con una lo bastante fuerte como para que le hiciera efecto. El campesinado la bebía floja, y además adelgazada con agua; para hacer el efecto curativo que él buscaba tenía que ser la retsina nueva, fuerte como un mazazo;

así era la que tenía en su casa para estas emergencias (y le cruzó por la mente el deseo ardiente de dar media vuelta y volver, si el premio por renunciar a la excursión era un trago generoso). En este punto, otra vez la antigüedad de Grecia le jugaba en contra. En esa etapa incipiente del desarrollo socioeconómico, había que trabajar duro, con escaso o nulo auxilio de las máquinas. Las ocasiones de beber no menudeaban, y su espaciamiento no permitía que se asentara el hábito como para necesitar subir la dosis o aumentar su vigor. Sólo quienes disponían de una buena cantidad de esclavos (había que superar un umbral numérico) podían permitirse una buena ebriedad. Era su caso, potenciado por el hecho de que al ser cerebral su trabajo la fumistería alcohólica no lo afectaba. Al contrario. Sus mejores ideas habían salido del cáliz.

Se hizo anunciar en la primera granja que encontró en el camino. Estaba gestionada por colonos lacedemonios, extrañados de ver aparecer en esas laboriosas soledades un viajero por placer. Toda la familia, que era numerosa, se fue reuniendo atraída por la curiosidad. Ésta subió de grado cuando el escultor manifestó su pedido, sobre todo porque no quiso entrar en explicaciones. ¿Podían darle un vaso de destilado, o no?

Claro que podían. Se deshicieron en excusas por haberse quedado con la boca abierta sin responder de inmediato. Lo hicieron pasar a la somnolienta alquería que compartían con las bestias, y trajeron las vasijas. Tenía para elegir. En efecto, la retsina cambiaba de sabor, color y graduación alcohólica con el añejamiento. En líneas generales, iba perdiendo fuerza: adquiría un cálido tono dorado oscuro, se hacía más suave en boca, perdía ángulos de aspereza montaraz. Dado el uso terapéutico que hacía de ella, el escultor tenía en su casa una reserva de las más nuevas, pero nunca eran tan nuevas. Como sus resfríos se producían no más de una vez al año, la bebida tenía tiempo de perder su vigor original. Ya cuando llegaba a su casa tenía cierta edad, porque se la hacía traer de la Eubea, y el viaje era largo.

El abuelo lacedemonio le mostró las vasijas: había una, que era la que aconsejaba, con un año de añejamiento, otra con medio año, y una tercera que databa apenas del invierno, o sea unos tres meses. El escultor señaló con énfasis esta última, y pidió un vaso. El abuelo lacedemonio frunció el entrecejo y se lo desaconsejó: una bebida tan nueva, que apenas si empezaba a tomar color, tenía que ser terriblemente fuerte. El escultor siguió en la suya: le urgía abrir las compuertas del pecho cerrado por el frío. Cosa que sólo podía hacer el fuego de un alcohol poderoso. El viejo, sin renunciar a convencerlo, siguió hablando: ellos confiaban en que el padre Cronos suavizara sus tragos, por eso siempre estaban destilando; sin ir más lejos el día anterior...

El escultor paró la oreja. ¿Una retsina de un día? Nunca había imaginado que la suerte le iba a poner a su alcance algo tan quimérico. No podía dejar pasar la ocasión, así que la pidió. Necesitó bastante energía para hacerse obedecer. Prácticamente lo trataban de suicida. «Es mi vida», les dijo. Los liberó de responsabilidades. Se la trajeron, de mala gana, y le sirvieron un vaso, confiando en que al verla se arrepentiría a último momento. Toda la familia se había reunido, y si no acudieron los vecinos fue porque no hubo tiempo de avisarles. La bebida, perfectamente transparente, tenía un brillo mortífero. Tuvo un pinchazo de aprensión, pero ya no podía echarse atrás, quedaría como un veleidoso. Si con esto no prevenía el resfrío, no lo prevenía con nada. Además, le daría a estos pobres campesinos desprovistos de espectáculos la posibilidad de contar, generación tras generación, que habían visto a un hombre tomando retsina de un día.

La bebió de un trago. Sintió que dentro de él se construía una escalera altísima de un solo escalón.

La amnesia alcohólica le jugó una mala pasada. No recordaba nada de lo que había pasado. No le preocupaba haber hecho o dicho algo inconveniente porque ahí nadie lo conocía, podía contar con la impunidad del anonimato. Si lo lamentaba era porque quedaba un hueco en el relato, y la razón de ser del relato era el establecimiento de un continuo. Por supuesto que la línea narrativa nunca era un continuo perfecto: estaba segmentada en episodios, por mor de la variedad; pero esa segmentación regía el arte de las transiciones, del que casi podía decirse que era el arte narrativo propiamente dicho. Un episodio debía ser el derrame del anterior, y conservar de éste huellas discretas. El pasaje de uno a otro conjugaba armoniosamente tiempo y espacio, era el terreno en el que se lucía la pericia del artista.

Un hiato como el que se había producido planteaba un problema. Quedaban hilos sueltos en el borde externo de la interrupción, y otros semejantes hilos sueltos donde se reiniciaba. Un espacio oscuro e inerte del que no salía ni siquiera el zumbido de un insecto. Estaba el recurso de hacer de necesidad virtud y validar como elemento de misterio el segmento vacío. Pero, además de que sonaba a hacer trampa, no iba con su personalidad y su estilo de comportamiento. No era hombre de oscuridades ni misterios, en eso se reconocía como un griego convencional, y más aun por su profesión. Si había algo poco misterioso era la estatua, con sus perfiles de piedra.

Del recuerdo de sus estatuas deducía un argumento más para lamentar el hueco producido por su amnesia. En efecto, si emprendía un viaje era con la intención de compensar la discontinuidad inherente a su trabajo. La escultura era un arte de objetos discretos. No dejaba de serlo por más artificios con los que se pretendiera disimularlo, por ejemplo ciñéndose a una temática, o subrayando las marcas de estilo personal. Con lo primero se corría el peligro de la monotonía, con lo segundo el del amaneramiento. Y de cualquier modo las estatuas seguían siendo trastos cerrados en sí mismos. Contaminaban la experiencia del que vivía de ellas, la volvía una serie centrífuga de cuadros aislados. Un viaje encadenaba, era la ocasión en que un escultor podía sentir el flujo de los hechos como lo sentían los demás. De ahí la pena y la culpa de haber agujereado el viaje, casi como si lo hiciera por deformación profesional. (Aunque tenía la excusa de haber bebido por imperio de la salud.)

Cansado, desanimado y con dolor de cabeza, llegó a Kalitea al caer la noche. Todo lo que quería era una infusión de nepente y dormir hasta el día siguiente. Se le cerraban los ojos, no se sostenía sobre el caballo. Mandó a los esclavos a buscar al resto de la compañía, se apeó y se sentó a esperar en la escalinata de un templo. Dejó que algunos pensamientos tristes le hicieran compañía. Contaba con que el reposo le devolviera al menos el mínimo de optimismo con el que encarar la visita al oráculo.

La espera se prolongaba. La puesta del Sol también. No supo si se durmió o no. Los hechos que se sucedieron a continuación se parecían tanto a una pesadilla que la duda tenía asidero. Empezó con una sensación de ciudad sitiada, que se fue precisando aceleradamente. Puertas y ventanas que se cerraban con ruido de pasadores y cerrojos, gente que corría, madres que arrastraban a sus hijos, patrullas armadas, vigilantes en los techos. La impresión era la de un enemigo interno.

Evaluó esa atmósfera de amenaza difusa. Pero la atmósfera dio paso a los hechos, y en los hechos había hombres desencajados, urgencias y gritos. Vio venir a Diodoros a la carrera con la espada en la mano y trece esclavos. No parecía haber tiempo para explicaciones, lo que de por sí ya explicaba algo. Lo conminó a seguirlo al refugio donde habían estado encerrados todo el día a salvo. Se puso en marcha a los tumbos, y en el apuro casi se olvidan el caballo. En su mente embotada se entrechocaban al ritmo de los pasos los diversos apocalipsis de la tradición, Artajerjes el loco, la peste de Minos, la piara de jabalíes rabiosos, la rebelión de los esclavos tracios…

No era nada de eso. Cuando Diodoros accedió a explicarse, porque estaban cerca del hipódromo en miniatura donde se habían refugiado, supo lo que pasaba: las pitias se habían escapado, y estaban aterrorizando la ciudad. Al oírlo, la indignación le nubló la vista. ¿Cómo era posible que las hubieran dejado escapar? No se los podía dejar solos unas horas sin que hubiera un percance. ¿Quien tenía las llaves de las jaulas? Le daría mil azotes al responsable. Se corrigió: mil azotes a todos. Sus propios gritos terminaron de despertarlo, como si en vez de exhalar voces hubiera aspirado polvos vigorizantes.

Toda la dimensión del problema se le hizo patente cuando estaba en el pequeño hipódromo y habían cerrado las puertas y los esclavos hacían círculo a su alrededor esperando órdenes, esperanza, salvación. Su confianza de niños lo habría conmovido, de haber estado de ánimo para conmoverse. Por lo pronto, una vez que se hubo desahogado dejó los reproches para después. Debía afrontar su responsabilidad. Llevar pitias propias a los oráculos estaba prohibido, pero era tolerado por cuanto la prohibición venía de los tiempos en que reinaba la superstición y el miedo a lo desconocido. Se suponía, empero, que el que saliera a los caminos con una carga tan potencialmente peligrosa tomaría todos los recaudos para evitar incidentes. Él los había tomado: jaulas con cerrojos inviolables, alimento balanceado, lotos fuertes. Si habían podido escaparse era por culpa de los esclavos, pero también por culpa suya por dejarlos solos. No era difícil conjeturar lo que había pasado. No pudieron resistir a la tentación de violarlas. Se metieron en las jaulas… lo demás era previsible. Ecuánime como era hasta la punta de los dedos, no culpó a nadie. Ni siquiera a sí mismo, aun reconociendo que se lo había dejado servido en bandeja. El sexo con una pitia tenía que ser una tentación invencible para seres primarios como sus esclavos.

¿Pero acaso él no se había asomado a esa tentación, alguna vez? Una ensoñación, inoportuna en ese trance de urgencia, lo llevó al pasado. No solía ir allí. Era hombre del presente, como no podía ser de otro modo viviendo en la Antigüedad, esa obra de arte colectiva de los griegos, que no admitía distracciones ni nostalgias. Pero por mucho que se esforzaran en perfeccionar el presente, el pasado acechaba. El suyo, había bastado la ondulación del velo de la pitia para que volviera, con sus emociones intactas. Mientras la ronda de esclavos esperaba sus órdenes para recapturar o neutralizar a las fugitivas, él se internaba con los ojos abiertos en el mundo de la memoria.

## Un recuerdo del escultor

Aquella lejana persona que había sido, un adolescente recién salido del gineceo, daba sus primeros pasos en el mundo de los hombres. La confusión, los temores que las más de las veces eran indistinguibles de las esperanzas, lo llevaban por los caminos del aprendizaje social. La Grecia de aquel entonces era la misma que siguió siendo en su vida adulta, la culta y sofisticada civilización del saber y la belleza. El despertar del sexo lo tenía a la vez como sujeto y como objeto. Delicado y flexible como una gacela, sabía que estaba levantando un surco de deseo a su paso, y la respuesta se enroscaba en él como una pregunta. Sabía, o sospechaba, que las modas en el amor eran pasajeras, y que podía llegar el día en que los efebos dejaran fríos a los hombres. Pero muchas cosas tendrían que cambiar para que eso cambiara. Con una sensibilidad que anticipaba su futuro de artista, se dejaba llevar por esa fantasía futurista, que en él tomaba rasgos de primitivismo brutal, con hombres encendidos de furor genésico persiguiendo a las mujeres, como animales en celo.

Estos sentimientos tan raros en un chico de buena familia estaban mostrando que era alguien especial. Tomaron cuerpo (o quizás se originaron, tan reversible es el tiempo del deseo) con la aparición de las pitias. Por esa época llegaban las primeras al Ática. No se sabía, nunca se supo, qué catástrofe o mutación las había expulsado de su región de origen, y por qué esas migrantes eran todas hembras, y de corta edad. Pasada la primera curiosidad que suscitaron, se volvieron parte del paisaje urbano, invisibilizadas por la indiferencia. Vagaban por las calles mendigando, dormían al amparo de algún rincón, seguían a alguien, a veces con aire de sonámbulas, a veces intentando una sonrisa. Pero su falta de expresión era una barrera. Había en su timidez de animalitos cerriles algo de conmovedor, aunque la distancia en la escala evolutiva hacía difícil sostener la simpatía.

Sintió una vaga atracción hacia ellas, que se fue precisando sin que terminara de hacerse consciente. No entendía cómo podía encontrar algo parecido a la belleza en sus rostros redondos, en los ojos de sombra que contenían la semilla del asombro, en los pies, en las manos… No sabía si la palabra era belleza, exactamente. Pero quizás no era sólo la belleza la que podía atraer. Podían hacerlo esos cuerpos que conservaban redondeces infantiles a la vez, mórbidos en su casi desnudez, eran opuestos en todo al canon que postulaban las estatuas. Por una sana intuición, supo que debía ocultar el interés que le despertaban. Pero las fantasías empezaron a corroer sus noches.

De pronto se estaba confesando en secreto su anhelo de abrazar a una pitia, conocer los secretos de las que no tenían secretos, abrazar una inocencia, dejarse nacer a la vida de los sentidos. Por ellas conoció, sin experimentarla, la dulzura de la carne, tan ajena al blanco y negro de la dialéctica intelectualista en las que lo embarcaba su cultura.

¿Cómo era posible que esas humildes flores oscuras de la tierra se hubieran vuelto las temibles harpías del destino? No se lo podía explicar, porque en cierto modo habría sido como explicarse su propia vida. Había sucedido en algún momento, cuando crecieron. No registró ese momento, de pronto los susurros y la sonrisa tímida se habían trocado en los aullidos y el rictus sanguinario. No podía hacer responsable a nadie de la transformación. A los intereses sacerdotales que habían intervenido se le sumaban, sin ser ajenos, los económicos, porque las tiernas muchachitas silvestres por las que nadie daba nada se volvieron costosas piezas imprescindibles en los oráculos, por cuyos pases los templos pagaban sumas exorbitantes. Raras, porque su población no había aumentado. Como nadie se preocupó en su momento por averiguar de dónde habían venido, no se pudo ir a buscar más.

Le quedó para siempre el remordimiento de no haberse atrevido a romper con su medio y fugarse con una joven pitia. La habría llevado a su lugar de origen, cualquiera fuese, y le habría evitado la horrenda metamorfosis en pitia de oráculo. Aunque no era sólo por un motivo tan altruista que sentía remordimiento: lo sentía por él mismo, por la oportunidad perdida e irrepetible de descubrir con ella el sentimiento de la Afrodita oculta. Tal como fueron las cosas debió conformarse con el mármol y los años. Como se conformaron todos los demás: si hubo cobardía, fue compartida; pero él sintió más que nadie la lejanía, el vacío que se interpuso entre aquellas mujeres de verdad y él. (Eran de verdad porque podían ser una cualquiera, no caían en el fraude de la individualización.) La culpa era toda suya, aunque podía consignarle una parte al destino que lo había hecho nacer en la Grecia antigua, la prestigiosa reina de la civilización, haciéndolo responsable de la carga cultural que eso implicaba.

¿Qué quedaría de ese mundo al que le había sacrificado el goce? No era necesario ser un experto en la resistencia de los materiales para saber que el tiempo se lo llevaría todo. O casi todo. Lo más duro y sólido perduraría, como quedan los esqueletos una vez que la carne se ha fundido. Un oscuro instinto en ese sentido lo había llevado a hacerse escultor. Un instinto con alguna constante de sarcasmo. Sus volúmenes mentales, después de pasar por las hábiles manos de su asistente, se hacían duros como la roca, y sobrevivirían a los cataclismos del tiempo, en el abrigo de las capas poco profundas del terreno. La posteridad tendría que vérselas con un bazar de objetos desprovistos de contexto, mutilados los más porque brazos y piernas, las frágiles ramas del árbol humano, no resistirían el ajetreo de los siglos. Regalos emponzoñados, aptos para producir erudiciones. Y si bien éstas, acumulación de errores como eran, sólo se merecían una sonrisa compasiva, había que reconocer que las Antigüedades, incluida en primer lugar la griega, eran un producto de la erudición.

*Fin del recuerdo del escultor*

Las calles de la ciudad estaban sembradas de cadáveres, mutilados, aplastados, abrasados. Lo macabro del espectáculo se acentuaba por el color rojizo que proyectaban los incendios. De estos provenía asimismo el humo espeso dentro del cual las horrendas visiones se velaban. El crepitar del fuego no hería tanto los oídos como el trueno de los derrumbes. Las pesadas construcciones de piedra, destinadas a durar mil años, hacían sonar su muerte como tambores del fondo de la tierra. El hombre no podía menos que sentirse frágil al pensar que bastaría con que una voluta o un fuste de columna le cayera en la cabeza para despedirse de la vida. Sobre todo porque eso sucedía en oscuridades tornadizas, que confundían más que una tiniebla cerrada. Al quemarse el mármol se descristalizaban las calizas, volaban como humo blanco en medio de tanto humo negro, volvía a sus orígenes geológicos con un olor que golpeaba todos los sentidos al mismo tiempo.

Los que disponían de caballos herrados huían hacia las praderas protegidas por la Luna, sin volver la mirada. El retumbar de los cascos hacía de fondo al alarido y el sollozo. La imprecación a los dioses ya había quedado atrás, porque al tener un desarrollo sintáctico, así fuera mínimo, no podía pretender alcanzar el volumen del grito inarticulado, y habría quedado sepultada bajo el ruido ambiente. Era comprensible el ansia de tomar distancia, porque en la confusión parecía como si toda la ciudad se viniera abajo, aunque lo más probable era que sólo una parte lo hiciera. Una a una se desplomaron las columnas del templo de Hera, y volaron los hoplitas de mármol del friso, a zambullirse de cabeza en los jardines públicos inundados por el quiebre de las fuentes. Bultos informes de energía negra saltaban en la oscuridad, atrapaban a alguien que huía a tientas y lo hacían girar locamente en el aire hasta estrellarlo. El nitrógeno de las tumbas cercanas estallaba y quedaba un resoplido remanente, el suspiro del más allá. El proceso se aceleraba, cada incendio que se extinguía por falta de combustible dejaba en su lugar un tenebroso abismo. Los perros enloquecidos se juntaban en bandadas ciegas, en remolinos. El crepitar de las hojas de los robles sagrados anunciaba que otra hoguera se iba al cielo, a enlutar estrellas. La hierba se erizaba como pinchos de hierro. A ciegas, tropezando con el bestiario inerte de lo desconocido, los ciudadanos de Kalistea se arrancaban los cabellos.

Pero no podían quedarse en el plano descriptivo. Si bien la descripción, con todos los adjetivos y metáforas que fuera preciso ponerle, era necesaria para hacerse una idea cabal del escenario en que se desarrollaría la acción, ésta era lo que importaba. Y, tal como se veían las cosas, urgía. De todos modos no se produciría un corte muy marcado: la acción seguía siendo una descripción, en tanto su despliegue en el tiempo creaba el despliegue espacial equivalente.

Lo anterior quiere decir que el escultor salía de sus ensoñaciones, de a poco pero decidido a tomar medidas.

—Debemos salir a buscarlas —dijo—, recuperarlas si es posible, o neutralizarlas. No sabemos si se habrán vuelto más peligrosas de lo que sabíamos que eran, pero no tenemos alternativa. Nos van a culpar de esta destrucción, lo menos que podemos hacer es impedir que llegue a mayores.

Diodoros a su lado esperaba órdenes. La que se imponía era salir de una vez.

—Me pregunto qué será más conveniente: ir todos juntos, o separarnos. Las dos opciones tienen ventajas y desventajas. Todos juntos estamos más seguros, pero cubrimos menos terreno; separados cubrimos más terreno pero estamos más indefensos. Claro que podemos separarnos no de a uno sino en pequeños grupos.

—¿De a cuántos?

—No somos tantos como para hacer grupos numerosos; si los hacemos de a cuatro ya serían tan pocos grupos que cubrirían escaso terreno. De a dos, es casi lo mismo que ir solos. El término medio sería hacerlos de a tres…

—El problema de separarse —dijo el fiel Diodoros— es que no sabremos qué estará pasando con los otros, y la incertidumbre puede aumentar la zozobra que ya de por sí provoca la situación.

—Podríamos usar silbatos para comunicarnos a la distancia. Con un código, que podría ser: un pitido, «sin novedad», dos pitidos: «las vemos»…

—Pero el caso es que no tenemos silbatos.

—¿Ni uno?

Terminaron adoptando una estrategia intermedia: irían todos juntos, pero no apiñados sino tomando cierta distancia unos de otros (no tanta como para no oírse), de modo de cubrir más terreno. El escultor improvisaba en la materia bélica, que nunca había cultivado. Lo suyo, profesionalmente, era lo inmóvil, que en general es pacífico.

Partieron, con una cautela que habría hecho sonreír a los valientes. La iluminación menguaba por momentos. Había sido correcta, por casualidad, la decisión de marchar todos juntos, porque la destrucción parecía ir hacia un mismo lado, en líneas rectas. No una sola línea; las había ortogonales, como si obedecieran a un propósito. O como si una vieja venganza se hubiera abatido sobre la ciudad inocente para implantar por la fuerza otra ciudad sobre ella. Una garra de aniquilación rasgaba sus entrañas. El espejo en el que se había reconocido se hacía opaco, se llenaba de arañas negras.

Estas observaciones el escultor las hacía como se hacen los pensamientos en un sueño, buscando los giros más apropiados para que no se vuelva una pesadilla. Y de todos modos no pudo seguir haciéndolas mucho tiempo más porque el humo mezclado con polvo volvía todo invisible, y se vio obligado a hablar para asegurar el contacto con su tropa. Dijo lo primero que le vino a la cabeza.

—¡Las quiero vivas!

La voz de Diodoros, muy próxima y a la vez muy lejana, salió de los telones cerrados.

—Va a ser difícil. Están jugadas a todo o nada.

—Pero son dos. Una puede ir hasta el fin, y saltar al Orco, la otra no. No son una unidad, un bloque. Son dos individualidades.

—¿Usted se conformaría con una sola?

No respondió, porque la pregunta tocaba un punto sensible. Prefirió cambiar de tema.

—¿Te parece que nos querrán hacer pagar los destrozos? —le preguntó a Diodoros o a la sombra de Diodoros. La sombra le respondió:

—No me extrañaría. Pero podemos negar que son nuestras.

—¿Cómo, acaso no las declararon al entrar a la ciudad?

—No me sentí habilitado para hacerlo, al no ser el propietario legal.

—Entonces sí podemos negar. Aunque me disgusta mentir, sobre todo porque a la larga siempre me descubren.

Con gusto habría seguido la conversación a ciegas, que era lo más inofensivo que podía hacerse dadas las circunstancias. Un derrumbe muy cercano se lo impidió. Al menos parecía ser un derrumbe, por el ruido y la reorganización en pánico de los esclavos que lo rodeaban. Hizo de tripas corazón y se internó en los pasadizos de la catástrofe. Confiaba en la suerte, porque no tenía nada más en que confiar. Era una confianza que no alcanzaba para disipar el desánimo en el que se hundía. Odiaba moverse en la oscuridad. Había ordenado marchar con teas, pero no tenían. Era hombre de la luz, como todo artista. Odiaba que le dijeran que la escultura era el único arte que podía practicar un ciego. ¿Y la música? preguntaba. ¿Y la poesía? Hizo acercar a un esclavo, le puso una mano en el hombro y le mandó caminar delante de él.

—¡Más despacio, más despacio!

Así, mitigado el temor de tropezar, pudo poner en orden sus pensamientos. La mano sobre el hombro desnudo del esclavo era lo único que sentía, el latido del corazón que llegaba hasta ahí. Lo tranquilizaba un poco, pero no mucho. Le recordaba el peligro en que se encontraba todo ser vivo cuando los hechos reales eran adversos. No se necesitaba gran cosa: el menor trastorno en el curso de la acción podía ser suficiente para que el encadenamiento subsiguiente llevase a la aniquilación. Tanto más este espanto nocturno.

Un tropel de bestias insomnes se les echó encima. Hubo una desbandada de gritos, y le pareció que todo se torcía, la tierra y lo que estaba encima de la tierra. Apretó el hombro. «Si me suelto estoy perdido», pensó. Por su parte se abstuvo de gritar, para dar el ejemplo. No se veía nada, pero una lengua de luz proveniente de una hoguera le hizo ver que eran caballos; esa noche hasta los caballos podían volverse seres pavorosos. También pudo ver que el esclavo en cuyo hombro se apoyaba había desaparecido. Él seguía con el brazo extendido, y seguía sintiendo el contacto. Había oído hablar del miembro fantasma, pero no sabía si se aplicaba en este caso.

¿Estaba solo? Llamó a Diodoros a media voz.

Un mago, uno de los magos tracios que deslumbraban al vulgo haciendo opaco lo transparente y transparente lo opaco, no habría podido crear tanta confusión. Se hacía difícil creer que esto lo hubieran creado dos pitias solas. Por cierto nadie se había puesto de acuerdo en el potencial místico y animal de estos seres, pero en el fondo no eran más que dos mujeres. Lo más sobrecogedor era la espantada de las aves. Deberían estar dormidas, pero alzaban vuelo entre las piernas de los hombres.

Fue el último episodio. Como si ya hubiera pasado suficiente tiempo de caminar entre escombros que no se veían, llegó el desenlace. Se los indicó un clamor y carreras que al fin se encolumnaban en una sola dirección: estaban en el teatro, donde las habían alcanzado las piedras de la turba. Con el cese de las hostilidades la noche había palidecido y se veía bastante. Se abrieron camino hasta el ingreso del anfiteatro de la ciudad. El escultor se adelantó hasta la plataforma en semicírculo donde empezaba el descenso de las gradas. Allá abajo, en el foso, yacían las dos pitias, inmóviles. Nadie se atrevía a bajar.

—Esperemos para estar seguros.

—Ya no pueden hacer daño a nadie.

—Con ellas nunca se sabe.

—Al contrario. Es con ellas, justamente, que siempre se sabe.

No había nada que hacer. Ni pensar en recuperarlas. Por lo menos se podía tratar de aplacar, si no a los dioses, a los supersticiosos a los que los hechos recientes debían de haberles confirmado sus prejuicios. Con esa intención les mandó a los esclavos traer el toro.

La orden provocó una oleada de estupefacción, a la que no fue ajeno el fiel Diodoros.

—¿Qué toro?

—¿Cómo qué toro? El toro que traíamos para el sacrificio en Dodona.

Sus hombres lo miraban como si se hubiera vuelto loco. Él por su parte no concebía el motivo de tanta sorpresa. Empezó a entender cuando habló Diodoros.

—Es que nunca se había hablado de un toro.

—Ah, era eso. En efecto, nunca se lo mencionó, pero aun así lo traíamos. Se acostumbra llevar un animal a los oráculos para hacer un sacrificio, un gallo, una cabra. Yo me decidí por un regio toro dada la importancia de mi consulta.

—Bueno, ahora que lo dice…

—Seguramente ahora que se pronunció la palabra «toro», la imagen debe de haber vuelto. Es como cuando se cuenta una historia y en cierto punto del relato uno de los personajes muere y ya no se lo vuelve a mencionar. Aquí es igual, salvo que al revés.

Los esclavos partieron a la carrera hacia el pequeño hipódromo donde habían acampado, y donde, ahora lo recordaban perfectamente, estaba paciendo el toro sin sospechar lo que le esperaba. Mientras tanto en los bordes del anfiteatro se había reunido un gentío mirando a las pitias yacentes. Cuando volvieron los esclavos tirando del toro remiso parecía como si todos los sobrevivientes de la ciudad se hubiera dado cita ahí. Y en el lapso que tomaron los sucintos preparativos asomó la primera luz del alba. El escultor lo encontró propicio. Daría un buen espectáculo y se marcharía sin explicaciones. El sacrificio pondría un manto religioso al episodio.

El primer rayo del Sol coincidió con la entrada del cuchillo en el cuello del toro. El poderoso mugido rebotó en mil ecos gracias a la acústica del anfiteatro, y la sangre corrió abundante por las gradas. Un respetuoso silencio acompañó la ceremonia. Las autoridades de la ciudad se habían abierto paso para quedar junto al escultor. Miraban a las pitias, tiradas en el fondo, desinfladas, como dos sacos vacíos, láminas arrugadas sin volumen. Dos esclavos fueron a recogerlas, hicieron un bollo con cada una y lo miraron interrogativos al escultor, que con un gesto les indicó que las descartaran. Así lo hicieron. Fueron a parar a un cesto de la basura.

A sus espaldas, la ciudad en ruinas. Kalistea la bella, santuario de las posturas estéticas más arraigadas, era un montón de escombros. De los cuatro puntos cardinales empezaban a volver los fugitivos. Por lo visto las noticias viajaban rápido. Por su parte, temió no sacarla tan barato. Por algo los jerarcas del Ágora se le habían pegado, seguramente para hacerle reclamos. Con palabras compungidas empezó a decir que podía contribuir al auxilio de los damnificados... Lo interrumpieron, y sólo entonces se dio cuenta de que parecían de lo más contentos.

–No se preocupe –le dijo el que parecía el cabecilla–. Por raro que suene, esta catástrofe nos vino como caída del cielo. Desde hace tiempo teníamos en carpeta un proyecto de modernizar la ciudad, que había quedado estrecha e incómoda para las necesidades actuales del comercio. Era imperioso abrir vías rectas, avenidas de circulación rápida, transformar los pintorescos callejones en calles arboladas. Había resistencias, por supuesto, con los argumentos habituales de la tradición y el legado arquitectónico. Vanas excusas. Pero los kalisteos progresistas y emprendedores estábamos de acuerdo en dejar atrás sentimentalismos y nostalgias y subirnos al carro de la Historia, que no espera. Ya teníamos redactado un plan integral de renovación urbana, pero demoraba su implementación la cantidad de expropiaciones carísimas que eran necesarias. Con lo que pasó esta noche el problema se solucionó de una vez y sin vuelta atrás.

Con la cabeza gacha, el escultor se retiró; mandó a Diodoros que reuniera a los esclavos y se marcharían de vuelta a casa. No era tan ingenuo para no darse cuenta de que lo habían usado. Las pitias, las pobres pitias inofensivas, habían sido la ocasión para que los interesados en el negocio de la modernización de la ciudad procedieran a demoliciones e incendios y se ahorraran los costos de las expropiaciones. Seguramente habían sido ellos mismos las que las habían sacado de las jaulas y habían echado a correr la voz de sus poderes de destrucción. Y encima, para borrar las pistas, las habían pinchado para vaciarlas del oxígeno profético. Debería pedirles indemnización, pero estaba cansado, harto, para sus hábitos regulares una noche sin dormir era como un golpe de maza en el esternón.


Sin las pitias y el toro no valía la pena seguir viaje a Dodona. No se perdía nada, porque no podía esperar consejos útiles de dioses que no existían. Admitía que a veces acertaban, por una coincidencia casual entre la pregunta y la respuesta, pero para eso valía más recurrir a las nubes, o a un mirlo parlante. En todo caso, la puesta en escena litúrgica, los velos del misterio, le daban más peso a los diagnósticos. Debía confesarse que había emprendido el viaje más por tomar distancia de la triste situación doméstica que por fe en las profecías. Y alejarse de los problemas no los resolvía.

Sentía alivio de tener un buen motivo para volver. En el camino había caído en la cuenta de algo que podía abochornarlo si llevaba a cabo la consulta. Pues frente a los sacerdotes del oráculo tendría que decir «Vengo por un amigo», y ahí vería sonrisas irónicas cuyo significado no ignoraba. Cuántas veces habían oído esas palabras, debían sabérselas de memoria, «Vengo por un amigo que tiene problemas de erección», «Vengo por un amigo que sospecha que su mujer lo engaña». En su caso era verdad, iba a consultar por otro y no por él, pero no le creerían.

Más le habría valido mentir. No haría gran diferencia si decía que el deprimido era él. No habría sonrisas irónicas, y era muy verosímil, porque un artista siempre estaba expuesto a los descalabros del ánimo. Los propiciaban principalmente las dudas sobre su trabajo, que al no tener una utilidad concreta como las camas o los carros, quedaba en el limbo de lo que podría no haberse hecho. También contribuían las periódicas faltas de inspiración, la discrepancia entre las ilusiones de la juventud y las realizaciones de la madurez. Y no había que olvidar los éxitos de los competidores, esas heridas sangrantes tanto más dolorosas por la necesidad de mantenerlas ocultas. Si se ponía a pensar encontraba motivos de sobra para deprimirse, un ramillete de flores oscuras con olor a decadencia.

Sonaba contradictorio, porque la antigua Grecia, con sus dioses y sus mármoles, era el reino del optimismo; el futuro estaba siempre presente, con rasgos luminosos, como lo probaba la abundancia de oráculos. Dioses y mármoles actuaban como prismas que condensaban e irradiaban la luz, la luz intensa del día antiguo, umbral de las dichas de las civilizaciones por venir. La retama envuelta en el halo de oro, el trino del sinsonte, la falda de la montaña, todo se asentaba en los bellos siglos simples. ¿Qué tenía que hacer la depresión en ese paisaje? ¿Acaso sus habitantes no habían ido ahí para escapar de las tribulaciones que traería el tiempo cuando abandonara el refugio de la Antigüedad? Quizás, pensó el escultor, ese mismo complejo de dioses y mármoles era el responsable. Visto de afuera era una garantía de buen vivir, pero cuando se entraba en su fabricación las cosas cambiaban.

Todo el camino de regreso fue dándole vueltas a estos pensamientos. Detestaba hacerlo, porque el pensamiento interrumpía la acción, que era lo que le daba interés y variedad a la vida. El pensamiento siempre estaba esforzándose por lograr un buen remedo de ese interés y esa variedad, y en ese esfuerzo desembocaba en los alambicamientos de los sofistas. Sin llegar a tanto, porque él pensaba fragmentariamente y combinando con fantaseos visuales, lamentaba las lagunas que se producían en el curso de la experiencia. Lo malo del pensamiento no estaba sólo en la interrupción que producía, sino en su inutilidad, en la abstracción estéril que se derivaba del hecho de que no era más que una combinatoria de palabras, que por otro lado eran siempre las mismas. Pero no podía evitarlo. No había gimnasia mental que le permitiera hacer un silencio prolongado dentro de su cabeza. Y mantener la acción constante sería cansador, así que a fin de cuentas se permitía de vez en cuando esos tristes soliloquios. Se justificaba pensando que si hubiera un espectador de su vida, no tenía más que saltearse los tramos de pensamiento.

En fin. El viaje quedaba por la mitad, el propósito inconcluso. Una vez más traicionaba la promesa de persistir en el esfuerzo y llevar las intenciones al estado de hechos concluidos, maduros y completos. Pero siempre le pasaba lo mismo, el abandono se alzaba como una barrera invisible e infranqueable, así que debería concluir que era una fatalidad y con lamentarse y querer enmendarse no arreglaba nada. Quizás no había nada que lamentar realmente, quizás era mejor dejarlo así, sin mucho pulido y con cabos sueltos.

Por un lado destacaba el valor de la improvisación de gran señor, opuesta al empeño del ganapán industrioso, por otro, tomando en cuenta el gasto de tiempo que llevaba completar algo, al dejarlo incompleto quedaba más libertad para hacer otras cosas.

Volvía al principio para terminar de justificarse. Había partido con un propósito y no lo había cumplido. Era un propósito simple y claro, o más bien abusivamente simplificado: encontrar una cura o paliativo para la depresión de su asistente y mano derecha. Pero esa postura positiva, de ver el problema desde un supuesto exterior, como si fuera un objeto, ignoraba los vagos ecos del alma. Debía preguntarse una vez más por qué no era él quien se había deprimido. ¿Acaso no era un artista, dueño de la insensata fragilidad del creador y el soñador? Lo más probable era que la depresión hubiera venido directo a él, su blanco por derecho propio, pero se había interpuesto el asistente, y fue él, sin comerla ni beberla, el que se infectó. Era una buena hipótesis, si se condescendía a hacer de un estado de ánimo un monstruo mitológico que atacaba a la gente como los leones o los tigres. Él no era así de crédulo, pero la imagen servía como asistente de la idea. Él había quedado del otro lado, a resguardo de las irradiaciones del mal, y con total inocencia, o irresponsabilidad, había persistido en la euforia del arte, mientras el otro, que era el que hacía las estatuas, se cargaba.

Al hilo de estas reflexiones le vino a la mente un episodio reciente. Le habían pedido un busto suyo para el Salón de Glorias Áticas, donde completaría la galería de bustos de escultores ilustres. Aturdido por el honor que representaba, no perdió una hora en encargarle al asistente que le esculpiera un autorretrato. Puso manos a la obra, pero por algún motivo, que en el momento le pareció inexplicable, la tarea se complicó. El rostro perdía o confundía los rasgos, como si el mármol fuera agua en movimiento, había que descartar valiosos bloques y empezar de nuevo. No podía entender cómo alguien que hacía Afroditas y Apolos por docenas tenía tanta dificultad para sacar una cara que tenía enfrente todos los días.

*4 de diciembre de 2019*

# EL FUGITIVO

Yo era un manojo de hernias, un alfiletero de dolores. Las rótulas podridas, el supraespinoso cortado, las válvulas vencidas, colapsado, sin resuello, sin una digestión como la gente. No sigo con la enumeración, aunque me cuesta omitir las deficiencias urinarias. Todo producto de la edad, del desgaste natural producido por los años, y de la falta de cuidados en el momento en que debería haberlos implementado. Sin embargo, no era viejo. Si el destino y la autodestrucción no se hubieran ensañado de tal modo conmigo, debería haber tenido muchos años buenos por delante todavía; tal como estaban las cosas, serían años de penar. Los gemidos subían a mis labios cuando intentaba enderezarme. Era un árbol sin hojas. La raíz seguía en su lugar, pero lo hacía para succionar de lo profundo las toxinas de mi malestar y servírmelas en bandeja.

La ruina física alimentaba ansiedades adversas al sueño, que me llenaban la mente de presagios oscuros. A la muerte la tenía al alcance de la mano, del temblor de la mano. Otro en mi lugar y mi condición la habría deseado, habría clamado porque acudiera a la cita inútilmente postergada. No parecía haber otra solución. Pero yo no me resignaba. El mundo tenía mucho para darme todavía. Era un cofre cerrado, yo me había tragado la llavecita que lo abría. ¡Si pudiera escupirla! Hacerla caer con un campanilleo cristalino, un «clinc» de aurora, en la bacinica de oro de la esperanza.

Sueños vanos. Mi estado me maniataba. El llagado externo e interno me reducía a una agobiante pasividad. Inmóvil, esperaba que el transcurso implacable de los años completara su tarea de demolición.

Pero reaccioné. Senté a la Impotencia en mis rodillas y la encontré funcional. De ahora en adelante me obedecería. Lo que me propuse fue que en lugar de seguir incubando la muerte, crearía un hombre, un hombre que fuera yo. En el fondo sabía que la solución estaba en mí. Pero ¿en qué parte de mí? Los desarreglos fisiológicos me habían hecho consciente de las provincias de sangre que se disputaban mi cuerpo. En lo único que se ponían de acuerdo era en conspirar contra mí. Del otro lado, yo estaba solo. No tenía a quién recurrir. Me figuraba en el escenario de un teatro sin platea, como único actor de una pieza de tedio y depresión, presa de la incandescencia helada de lo inmóvil.

Salió el polluelo del cascarón. Con anteojos y un paraguas. Con pasos todavía vacilantes subió la escalera, los dos pisos. Tras él, las águilas, los ánades, una nube de plumas en mis pesadillas. Grité que estaba ocupado, que no me molestaran. Apliqué el movimiento y el azar objetivo. El resultado superó mis expectativas. (Esto prueba que lo soñé.)

Como sea, lo escribí. Dada la índole del material, podía prescindir de facultades descriptivas o instructivas que no tengo. Mientras espero la publicación, y las mezquinas infamias de los lectores, aquí van algunas páginas arrancadas de mi cuaderno de fugitivo.


Estaba varado, la inmovilidad me estaba matando: fijo, ofrecía un blanco fácil para todos los males del cuerpo y el alma. Debía ponerme en movimiento si quería sobrevivir. ¿Quería, realmente? Empezaba a dudarlo. Pero el soplo vital, aunque debilitado, seguía en su sitio. No podía pedir auxilio a la voluntad, que se había marchitado, gastada en tantas batallas perdidas. Estaba solo con mi suerte, encadenado. El pensamiento me mostraba una paradoja de hierro: sólo la sumisión ciega a un mandato me daría la libertad. Ese mandato no podía pronunciarlo yo, de eso ya me había convencido. Tenía que venir de un agente externo que me diera la orden: ¡levántate y anda!

Pero ¿quién? ¿Y por qué iba a obedecerlo? Por necesidad. Debía crear la necesidad.

Una idea proveniente de las películas con las que me embrutecía frente al televisor me ilusionó por un momento: contratar en forma anónima (por teléfono) a un sicario para que me matara. Si le daba los datos verídicos de mi domicilio y mi apariencia, no me quedaría más remedio que poner pies en polvorosa y sanseacabó, ¡a volar! Debían de ser caros, pero plata no era lo que me faltaba; al contrario, me sobraba. La ilusión no duró más que un instante. Había varios puntos que la hacían inviable. No sabría cómo encontrar un sicario, si es que los sicarios existían y no eran una leyenda urbana o un recurso de guionistas de películas de acción. Y si existía y lo podía encontrar, no tenía ninguna garantía de que fuera eficaz, y la sospecha de que pretendiera quedarse con mi plata sin hacer el trabajo anularía mi impulso de escapar.

Peor aun: la amenaza de muerte, una vez que se materializara, podía no ser eficaz. Quizás al verme ante algo de veras serio me diría: ¿y por qué quiero seguir viviendo? ¿Tanto la estoy gozando? No, mejor no probar. Descartemos al sicario.

No lo descarté del todo, empero, porque a partir de los conceptos afines de amenaza y miedo me vino la idea a la que terminé rindiéndome. El hilo del razonamiento fue el siguiente: si la muerte podía no darme miedo, aun siendo el peligro último y definitivo, ¿qué podía haber que me atemorizara más? ¿Nada? No, había algo: la cárcel. El terror que me inspiraba la cárcel no tenía parangón en mi psiquis. Puede sonar contradictorio en alguien que se había construido su propia cárcel y no sabía cómo salir de ella. Pero la mía era una metáfora, con todo el glamour que tiene la retórica y lo eminentemente reemplazable de sus figuras. El espanto radicaba en que se trasladara a la sordidez de lo real, y tuviera que convivir con hombres reales en espacios reducidos... No podía ni pensarlo, me estremecía.

¡Aleluya! Había encontrado el modo de burlar a mi quietismo y a la voluntad que no me ayudaba a salir de él. Una punzada de euforia pinchó la masa viscosa de mi pesimismo. Generó una chispa, que trate de apresar. Con un largo suspiro eché la cabeza atrás, dejé que el cuerpo se pegara al sillón, que el sillón me penetrara. Visualicé un tren suave llegando a la estación. En la soledad, alguien me daba un vaso de agua.

Faltaba implementarlo. La idea ya estaba: era la policía la que debía buscarme para meterme preso, todo el aparato represivo del Estado puesto en movimiento tras de mí. Si había algo capaz de hacerme vencer mis hábitos de postergación, era eso. Saldría disparado, con viento en las suelas. La diferencia que representaba con mi vida actual era enorme, lo que va del lodazal pegajoso de la rutina al viento huracanado de la aventura. Y habría un beneficio extra en términos de salud, no sólo porque los traslados constantes me mantendrían en forma sino también porque tendría la cabeza ocupada en maniobras de escape y ocultación, y no pensar en la enfermedad es la mitad de no estar enfermo.

Ahora bien, la policía no perseguía a nadie a pedido.

Había que quebrantar la Ley, y dejar pistas suficientes para que supieran quién lo había hecho. No parecía difícil, con un abanico tan amplio de actos nefandos que se podían cometer, desde una infracción de tránsito hasta poner una bomba en un jardín de infantes. Claro que tendría que ser algo grave para que me buscaran en serio. Me decidí por un hecho de sangre, al que le veía más dignidad que fraudes o estafas o cualquier otra cosa que cayera bajo la sombra vil de la codicia. Mi timidez de hombre de letras se veía puesta a prueba, pero contaba con ella, con ese apocamiento de toda la vida que según la psicología elemental debía haber creado dentro de mí la presión suficiente para producir un buen estallido de violencia cuando lo necesitara. Así los haría enojar de verdad, para que buscaran con ahínco, poniendo en juego todos los recursos del Estado, y hasta de las agencias clandestinas con las que el Estado tercerizaba los trabajos sucios.

Una vez dado este primer paso, se abría un extenso campo de posibilidades, en el que reinaba la paradoja. A primera vista la libertad parecía severamente coartada: no podría ir a determinados lugares, no podría decir mi nombre ni registrarme en hoteles ni usar tarjetas de crédito, no podría aspirar a un empleo ni a tener un domicilio… La lista se alargaba. ¿Y ahí iría a buscar la libertad? La paradoja parecía tocar el absurdo, y sin embargo la respuesta era afirmativa. Porque los hombres que podían hacer con impunidad todas esas cosas que yo no podía hacer, las hacían porque, en retrospectiva, no habrían podido no hacerlas. Era la vida que tenían, y no tenían otra. En cambio poniéndome todas las restricciones posibles, lo que quedaba entre ellas, el delgado y sinuoso espacio que serpenteaba entre peligros, era la libertad de la aventura, lo impredecible, la improvisación emancipadora. Día a día, hora a hora, debería crear mi tiempo y mi lugar. A los demás se los daban hechos, yo los hacía en un acto soberano de la voluntad.

La imaginación callaba, deslumbrada por la plenitud que se me ofrecía. Ciudades, campos, montañas, ríos, paisajes que nunca había creído que vería, el acompañamiento del Sol y la Luna, el de la Tierra misma en su giro benévolo. La presencia de los días y las noches. El sueño se liberaba de las estructuras del relato, los restos diurnos eran de verdad. Ya no había que esperar coincidencias, porque se habían terminado, lo mismo que la estúpida verdad de lo humano. Una mecánica de lo invisible, la sed de los abismos de lo nuevo. Las enormes montañas del centro de la Tierra iban hacia mí, los fantasmas, las urnas.

Llevado por esta exaltación, quemé las naves cometiendo un crimen horrendo. No tuve el menor inconveniente: un ciudadano inofensivo como había sido yo toda la vida tenía el campo libre para actuar; lo más que podían decir, a posteriori, era «jamás lo habría esperado de él». A partir de ahí no podía volverme atrás. A último momento me asaltó el temor de sentir remordimientos, o culpa, o algo por el estilo. No hubo tal. No hubo nada. Entre eso y lo fácil que fue hacerlo, era como para preguntarse por qué no sucedía con más frecuencia.


Me escabullía por las ciudades chicas del interior. Me inspiraba el contraste de ese «interior» al que identificaba con mi subjetividad, y el exterior que había conquistado con mi huida. Me gustaba que esas ciudades tristes fueran todas iguales, las calles rectas que se terminaban en el campo, el silencio siempre igual, los autos viejos, la estación donde unos ancianos intercambiables estaban sentados esperando trenes que no tomaban. Se decía que esas ciudades, antaño pujantes por el aporte inmigratorio, estaban muriendo. Unos pocos chacareros prósperos mantenían la poca vida que le quedaba al comercio, los jóvenes se iban, la edificación envejecía sin renovarse y sin participar del beneficio de lo antiguo. Una rutina inmutable hacía pasar los años. Cuando veía a alguien, lo que no era tan frecuente porque las calles estaban vacías, no podía evitar preguntarme por qué estaban ahí. Sospechaba que ellos también se lo preguntaban. Era metafísico. En esos espacios en blanco reinaba un resentimiento estoico. «Pueblo chico, infierno grande», se decía. Yo espiaba esas cajas de resonancia, con la curiosidad mitigada por el escepticismo. Después de todo, no tenía otra cosa que hacer. No había proyectos en mi cabeza. Era parte de mi libertad, y la apreciaba especialmente, porque antes siempre había estado ocupado en algo. Que nunca hubiera hecho nada que pudiera mostrar como un logro era prueba suficiente de lo inútil de mi quehacer mental incesante. Desde que emprendiera la huida, había dejado que pasara lo que tuviera que pasar, y me limitaba a verlo pasar.

Pero no perdía de vista que era un fugitivo, que la policía me buscaba. Mi caso había ocupado páginas sin fin de los diarios, horas de televisión. Me había asegurado de que fuera así. De modo que tomaba mis precauciones, una de las cuales eran estas ciudades menores de la llanura. No era sólo por la atmósfera decadente por lo que las elegía, sino porque en ellas «todos se conocían». Eso es clásico. Como nadie va a vivir a esos sitios, los que viven allí son los que vivieron allí siempre, y el tiempo hace que todos terminen conociéndose, además de estar casi todos emparentados. Sabiéndolo, la policía nunca iría a buscarme ahí, pensando que yo no me atrevería a meter mi jeta de extraño en una comunidad cerrada donde llamaría demasiado la atención.

Las nociones clásicas como ésta son engañosas. Yo estoy más allá de los clasicismos, pero la policía no. Los pueblerinos tampoco; ellos también estaban convencidos de que se conocían todos, así que cuando me veían creían conocerme, me saludaban, afables, y se les notaba las ganas de entablar conversación. No les daba el gusto, para no deprimirme con las previsibles opiniones de derecha retrógrada que me espetarían.

Para el aburrimiento tenía remedio, gracias al don de observación que había empezado a desarrollar. No tardé en notar que en cada uno de estos pueblos había una atracción, un punto de interés. Uno solo, no sé si porque realmente había uno solo o porque cuando lo encontraba dejaba de buscar otro. En una era un arroyo que bullía de pececitos negros, donde yo pasaba tardes encantadas mordisqueando una brizna de pasto. En otro era una avenida donde habían plantado, en un acceso de locura municipal, estatuas de héroes nacionales que me ofrecían sus rostros mal modelados para que yo encontrara en ellos parecidos con mis parientes. Una llama domesticada, en la plaza, frente a la iglesia, podía hacerme soñar durante horas. Era como si la esterilidad cultural de esos pueblos sin imaginación se coagulara en un punto, generando una chispa.

Con una de estas atracciones comenzó una historia. Había, cosa rara, un Museo Municipal. El cartel decía eso, lo vi y entré. Era una casa baja, de las que tenían los cuartos enfilados en largas galerías alrededor de un patio. Una señora dormitaba sentada a una mesita. No, no había que pagar la entrada, pero las visitas guiadas se hacían los sábados… Le dije que me las arreglaría solo, y así lo hice.

Jamás habría esperado lo que encontré. Confirmaba ciertas teorías mías sobre lo que puede o no puede esperarse. Lo que se exponía eran restos óseos de animales extintos, que supuse que habían sido desenterrados en la zona. Pasado el primer asombro, vi que no se trataba de esqueletos reconstruidos (la ciencia local no habría dado para tanto) sino piezas enteras, cuencos del tamaño de autos chicos, que no podían ser sino caparazones de tatúes o armadillos gigantes. Por lo visto la región había sido propicia a estas bestias: había muchísimas. En el cultivo de los campos habían dado con este tesoro. Con seguridad habrían preferido que fuera otra cosa. No habían tenido más remedio que inventar este museo para albergarlos. Sala tras sala, se repetían las enormes corazas redondas, todas iguales aunque todas también distintas, si uno fijaba la vista de cerca, por la disposición de las medias bolitas que tapizaban la superficie comba.

La extinción me hacía soñar. La extinción de todos los seres vivos, derrotando las maniobras más tenaces de las especies para seguir bajo el Sol. Los seres vivos se agitaban en una gimnasia de fluidos y sacudidas en persecución de ese instante que les dará la eternidad. Dentro de esos cascarones que tenía frente a mí habían vivido unos grandes y pesados animales que se montaban unos a otros en procura de descendencia. Debía de ser tremendamente incómodo, con esa forma esférica y el peso, que a juzgar por el porte del exoesqueleto, sería de toneladas. Pero se obligaban a hacerlo. El mandato de la vida estaba por encima de todo. Al fin, de lo que se trataba era de preservar las formas. Podrían haberlo hecho con la pintura, sin gastar tanta energía. Y de todos modos no había servido de nada.

Como no había otra cosa que ver, y mi fantaseo sexual había descripto un círculo cerrado, de la muerte a la vida y de vuelta a la muerte, me habría marchado sin más. Estaba por hacerlo. Pero me asaltó una sospecha de ésas tan frecuentes en los grandes distraídos. Había estado solo en mi recorrida por el museo, y era lógico que fuera así: la gente de la ciudad, si había visto una vez el espectáculo que ofrecían los redondos caparazones, no tenían motivo alguno para volver. De las esferas pueden hacerse muchos elogios, pero hay que reconocer que no dan mucho alimento a la visión, por lo menos a la que busca ángulos. Aceptada de este modo la soledad, quedaba la sensación de que en ella había alguien más, alguien que también estaba en esta soledad acogedora. ¿Tanto me había concentrado en los gigantes prehistóricos como para ignorar lo que más me importaba: lo humano? No podía creerlo, pero la duda no me dejaría tranquilo, así que decidí investigar.

Rehíce el camino, remontando las eras geológicas. Allí estaba. Una muchacha desarreglada. Insignificante a primera vista (aunque yo iba a cambiar de opinión) estaba hecha para pasar inadvertida. También se la podía tomar por un varoncito, por los pantalones y el buzo con capucha. Me miraba, con la media sonrisa tímida que se les dirige a los desconocidos-conocidos del pueblo. ¿Qué hacía ahí? No era adecuado preguntárselo directamente, así que opté por un enfoque lateral:

–Qué poca gente viene a ver estas maravillas.

–No viene nadie –respondió, como si me diera una información importante. Soltó una risita, preparando el terreno para decir algo ingenioso–. Una vez que los vieron, ¿para qué van a venir otra vez?

Asentí. Pero hubo un alfilerazo de inseguridad. Mi presencia me delataba como extraño. Ella no llevó su razonamiento tan lejos, quizás porque estaba apurada por hablar de ella:

–Por eso vengo. Para estar sola.

Eso me decidió a ir a fondo:

—¿Problemas en la familia?

—¿Y qué le parece? Con lo que le pasó a mi papá…

—No estoy enterado. Soy viajante, hago corretajes, acabo de llegar.

No necesitaba más. Me lo contó todo, rodeados por los monstruos del pasado. Su padre había cometido un crimen: había matado a un joven soldado ahogándolo en una acequia después de violarlo. El hecho estaba probado de modo fehaciente. Dos prostitutas de los campos vecinos eran testigos, y además había testigos y relatos de hechos anteriores de la misma naturaleza. La vergüenza había caído sobre la familia, que se limitaba a la madre y ella (era hija única). La madre, por orgullo mal entendido, había aceptado colaborar en el proceso que llevaría a la absolución del marido.

—¿Pero es posible? Si el hecho está probado…

Sí, por increíble que pareciera, aun teniendo todo en contra había una posibilidad cierta de no ser condenado. Radicaba en un abogado que operaba en esa zona del país, y que era infalible. Garantizaba la absolución de cualquier imputado, aun de los que habían sido atrapados in fraganti cometiendo los peores crímenes. No era fama inventada, sino que estaba probado por los hechos.

Le di crédito. Parecía raro, porque nadie es infalible, pero en mi experiencia del interior me había convencido de que allí pasaban cosas que los que estábamos afuera considerábamos imposibles. Y podía no ser tan raro. Nadie es infalible en la mayoría de los asuntos, pero la actividad de un letrado defensor de criminales podía ser la excepción.

Aun así, no era tan fácil. Había un obstáculo que a diferencia de la mayoría de los obstáculos ponía todo en su lugar. Se trataba de los honorarios que cobraba este abogado. Era una suma exorbitante, una fortuna, y había que pagarla toda junta por adelantado. No valía rogarle y arrodillarse y pedirle fiado o pago en cuotas: era la valija llena de billetes o nada. Incidentalmente, eso de arrodillarse y rogarle era una metáfora, porque se negociaba a través de intermediarios, a él nadie lo veía. Ese requisito ineludible del pago lo ponía fuera del alcance de cualquier procesado que no fuera rico, más bien muy rico, y los ricos rara vez, o nunca, llegaban a las instancias desesperadas en que sus servicios se hacían necesarios.

−¿Y entonces?

La muchacha era una marea de información, de la que el curso del relato me había vuelto ávido.

Su padre, con la satánica sagacidad de la que estaba dotado, había previsto la eventualidad. De hecho, se podía sospechar que la existencia de un penalista de esas características, y el consiguiente plan para hacerse del dinero con que pagarle, era lo que lo había animado a dar rienda suelta a sus instintos sanguinarios. El plan consistía en reunir el dinero hipotecando su parte en cada una de las tiendas de ropa, alimentos y maquinaria agrícola del pueblo. Esta reserva la había hecho pacientemente a lo largo de los años. Sagaz en los negocios, y negándole todo a su familia, reunía periódicamente montos de importancia, con los que adquiría participación en distintos establecimientos comerciales del pueblo, mediante un aporte de capital. Todos aceptaban, con la avidez de inversión que domina al pequeño y mediano empresario, y lo usaban para ampliarse. De ese modo, con el tiempo, el capital invertido crecía. Y una vez que llegó el momento de necesidad hipotecó todas las partes proporcionales, sin importarle que los que habían bienvenido su inversión ahora se vieran hipotecados sin comerla ni beberla. Lo único que le importaba era tener, y ya la tenía, la gruesa suma a cambio de la cual el abogado lo sacaría de la cárcel.

En realidad, aclaraba, a la cárcel no la pisaría, porque había huido, y se mantenía escondido hasta que su esposa completara la operación de ingeniería financiera.

—No sé cómo mi mamá se prestó a ayudarlo.

—Es verdad. Resulta increíble. Debe de quererlo mucho.

—¡Qué va a quererlo! ¡Si es un monstruo! Ella lo hace por orgullo, para demostrarles a las vecinas que su marido no va a ir preso.

Ante semejante panorama, vi que la muchacha tenía motivos para ir a esconderse en el museo de los cascarones prehistóricos. No sólo por la vergüenza que había caído sobre su familia, sino porque, como me explicó, enfrentaban el odio de todo el pueblo que veía de pronto tambalear su economía, por causa de un pervertido que no había sabido controlar sus instintos, que eran peores que los de una bestia feroz.

No fue difícil conocer el caso hasta en sus detalles más escabrosos. En parte porque la muchacha, en su necesidad apremiante de descargar el peso de la historia, no tenía a nadie más a quien contársela, ya que todos sus conocidos la sabían. Encontrarme a mí había sido un premio para ella, y se lo había gastado en un flujo de palabras. Pero además había tenido la suerte adicional de que ese extraño fuera yo. Le permitió encontrar en ella un sentimiento nuevo, que sin mí no habría tenido oportunidad de conocer. Las mujeres jóvenes cuando eligen un hombre para reproducción buscan inconscientemente lo que más se parezca a su padre. En el caso de esta pobre chica le iba a ser difícil ajustarse a la norma estadística: su padre era un monstruo, y mal podía querer asociarse con un hombre que se le pareciera. Eso a nivel de la consciencia. Pero a nivel del inconsciente sí iba a querer. La contradicción la habría paralizado y se habría quedado solterona… si no hubiera aparecido yo, el hombre indicado en el preciso momento en que se lo necesitaba. Era un criminal no menos dotado de azufre que su padre, o sea que podía cumplir mi rol de sustituto, a la vez que para ella, para su conocimiento de superficie, era un señor corriente respetuoso de la Ley. Pero olía mi verdadera naturaleza, sin que su pensamiento lo supiera. Dios y el Diablo quedaban conformes, por una vez, gracias al funcionamiento de las capas profundas del cerebro límbico.

Cayó en mis brazos con la fuerza de un torrente. Debo confesar que me estaba haciendo falta. Tarde, me daba cuenta de que la castidad del fugitivo era un mito. Lo contrario estaba más cerca de la verdad. Los dobleces del crimen me habían encendido como un fauno. Salimos del museo, caminamos bajo los tilos hasta el arco que daba acceso al campo y nos ocultamos en el bosquecillo del arroyo, susurrante testigo de nuestras locuras. Debajo de nuestros cuerpos enlazados, a no muchos metros de profundidad, debían de dormir su sueño inmemorial los tortugones extintos. El cielo entreabrió sus pesados oxígenos azules para vernos. El tero presuroso llamó a los animalitos de la llanura, y en un dos por tres estábamos rodeados por ojos ávidos de aprender cómo se hacía: la vizcacha, la liebre, la mulita, perdices, patos, gallaretas, hacían la ronda con los ojos encendidos, tomando nota del procedimiento para reproducirse. Admirados, también un poco intimidados. En las ramas de los árboles pinzones y zorzales y un pájaro negro de especie desconocida soltaban gorjeos de asombro ante cada uno de nuestros revolcones. La hierba crecía más deprisa para espiarnos, ella también curiosa. De la onda del arroyo los bagres asomaban la cabeza para mirar, con los bigotes temblando de la emoción. Abejas doradas danzando en círculo encima de nosotros nos hacían una corona. Cuánto había que aprender de la pasión. Una vida no alcanzaba.

Nuestra historia tuvo una derivación, no se quedó en el desahogo fisiológico genital. Derivó en amor, aunque no el amor sentimental de las novelas rosa sino el de la aventura y el peligro. Y además, unilateral. Era ella la que se aferraba a mí, yo por mi parte me la habría sacado de encima sin más trámite. No quería volver a su casa, pretendía que la llevara conmigo. Quise darle largas. Debíamos preparar concienzudamente la huida, ¿qué apuro había?

El apuro ya había llegado. Era por eso por lo que había ido a esconderse al museo, con el propósito de esperar la oscuridad y escapar al amparo de las sombras. El pánico la había llevado a ese extremo. El motivo era que la madre había completado esa mañana, en el horario bancario, el proceso de las hipotecas y ya tenía en la casa la suma total. Al día siguiente el abogado recibiría el pago y su padre volvería...

La confesión me puso un tanto incómodo. Por un lado revelaba que se había entregado a mí no por mis méritos personales sino sólo porque había aparecido en el momento justo. Podría haber sido cualquier otro. Pensándolo bien, no me disgustaba. Siempre había querido ser cualquier otro, darme un baño de eso que me faltaba: humanidad. Pero me preocupaba la perspectiva de tener que cargar con ella, hacerme responsable. Podía traerme problemas. No conocía ni sus necesidades ni sus capacidades, y todo indicaba que las primeras serían mucho mayores que las segundas.

La llevaría, pensé, si viniera con una dote. Esa idea anticuada me sugirió otra que se aplicaba de modo inmejorable al momento. Cuando se lo propuse abrió los ojos y la boca en un gesto de espanto. Vi que me costaría convencerla, sobre todo porque ella tendría a su cargo la parte más peligrosa, que era sacar la plata de la casa. ¿Sabía dónde estaba? Sí, en un maletín, lo tenía bien visto. La madre lo había comprado cuando empezó a reunir los fondos, que depositaba en él en fajos bien contados. Pues bien, mi plan era simple, y se lo expuse en palabras más simples todavía, de otro modo esta mocosa estúpida no entendería. Debía volver a la casa como si nada, comer, irse a la cama, y a la medianoche, cuando la casa y el pueblo durmieran, tomar el maletín y salir sin hacer ruido. Yo la estaría esperando junto a un árbol, y nos esfumaríamos. ¿Para qué complicarlo? Lo más simple era lo más efectivo.

Emprendimos el regreso bajo las últimas luces del crepúsculo. Las montañas a lo lejos iban definiendo sus perfiles a la vez que escondían a sus espaldas los rosas y dorados del cielo. Un canto suave salía y no salía de los árboles.


Nos escapábamos bajo las estrellas, tratando de salir del pueblo. Parecía como si no fuera a terminar nunca. En el primer impulso, con la adrenalina bombeando en oleadas furiosas, habíamos dejado atrás las calles asfaltadas. Pero las de tierra seguían pobladas, aunque en ellas los árboles ocultaban a las casas. ¿O no había casas? Difícil saberlo, en la tiniebla móvil. El alumbrado público cesaba más allá del centro. La oscuridad era total. No había Luna. Dentro de la oscuridad había lugares más oscuros, algunos quietos, otros desplazándose lentamente.

No hablábamos. La tomaba de la mano, para darle ánimo y para asegurarme de que seguía ahí. Después la soltaba, para que sintiera su autonomía y se afianzara en su decisión de seguirme. No era poca cosa, para una chica tan joven, romper sus lazos familiares, lanzarse al mundo con un hombre al que había conocido apenas unas horas antes. Yo suponía que estaba actuando en automático, sin pensar, como si toda nuestra aventura fuera un solo instante que no diera espacio para formular reparos. Todo lo contrario de mí, que llenaba cada momento con pensamiento, como se infla un globo. La diferencia no estaba mal: nos complementábamos.

Las calles se prolongaban bajo nuestros pies. Tanto se prolongaban que me asaltó una alarma. Sabía de gente que a falta de signos con los que orientarse empieza a dar vueltas en círculo. Creía haber seguido siempre por la misma calle, en línea recta, pero no podía asegurarlo. Mi alarma tenía fundamento. Las calles deberían haber terminado. En mis paseos de esa tarde antes de ir al museo había visto que el campo lindaba con el pueblo, potreros con caballos pastando, pantallas de álamos. Esta persistencia de la calle salvo que el pueblo se dilatara de noche.

Un gemido de la muchacha me llamó a la realidad, si es que se podía hablar de realidad donde todo se había ocultado. Su agotamiento era igual al mío. La huida no podía haber durado más que unos pocos minutos, y ya estábamos en otro mundo, en otra dimensión. Eso nos dio argumento. De común acuerdo, tácito, decidimos actuar con una racionalidad diferente. Lo que ya habíamos perpetrado nos ponía por encima de los temores de un ladrón de gallinas. Yo no había dejado ni por un momento de tener en cuenta la magnitud de la cifra que transportábamos: el maletín me pesaba, lo cambiaba de mano, me golpeaba las pantorrillas en su balanceo.

El sueño nos esperaba. En un nido de hojas, abrazados como dos gemelos antes de nacer, descargamos la inmensa fatiga de la noche. Antes de dormirnos intercambiamos unas palabras, en la media lengua del bostezo, sobre la prosperidad futura. Libres, ricos, enamorados… «Libres», decía ella. Confirmaba la idea que había estado en el origen de mis andanzas. Por la boca de los inocentes salían las grandes verdades.

La libertad era privilegio de los fugitivos. Yo corría con ventaja, porque desde esa noche además de huir de la policía empezaba a huir de los dueños del dinero del maletín, la madre de la chica, y el padre, sobre todo el padre, un peligroso asesino que tenía los motivos más urgentes para atraparme. Pero… un momento. Él también andaba huyendo, también se hallaba en ese estado de libertad que creaba su propio movimiento y le permitía colarse por los agujeros del mundo. La libertad se multiplicaba.

Me despertó el amanecer, una luz fuerte en las capas bajas de la atmósfera, mientras que en las superiores persistía el brillo apagado del bronce. A los males físicos que me atormentaban en mi etapa sedentaria (me había olvidado de mencionarlo cuando hice la lista) se sumaba el insomnio. De él también me había librado, por lo visto. Podía deberse a que por imperio de la fuga debía moverme más, gastaba energías y generaba la necesidad de reponerlas. Pero no era una buena explicación, no sólo porque era demasiado mecánica sino porque en la fuga el hombre estaba amenazado por los imprevistos y dormía con un solo ojo, sin perder atención. Todo lo contrario del estado profundo, sólido, en el que me hundía todas esas noches, y esta noche también, a pesar de haberse duplicado la persecución.

Con el advenimiento del día había llegado la hora de ver dónde estábamos. Lancé una mirada circular. A nuestras espaldas yacía el pueblo, la cuadrícula salomónica de calles vacías, ni un solo movimiento visible, como si la luz viviera sola, independiente de los hombres. Enfrente, en cambio, se desplegaba un espectáculo de madrugadores. Era la Remonta. Tuve que reacomodar mis expectativas. Cuando oí a la chica hablar de un soldado muerto pensé que tenía que haber una Remonta cerca, pero no creí que estuviera tan cerca. En general estaban lejos de los centros urbanos, para prevenir escapadas de los soldados. O más bien para evitar lo contrario, las escapadas de los señores de los pueblos en busca de jóvenes soldados, presa que atraía a los pederastas como la miel a las moscas. Los requisitos de reclutamiento eran en parte responsables de esta amenaza. Elegían a los jóvenes más bellos, adolescentes imberbes apenas salidos de la infancia, biotipos de inocencia y gallardía. Un siglo de paz hacía que no se buscaran cualidades de vigor y resistencia. Con encomiable realismo, las autoridades habían dejado atrás las cualidades utilitarias de la guerra y habían adaptado a las tropas para las funciones decorativas que eran las que llenaban en los hechos.

Si esta Remonta la habían ubicado tan próxima al pueblo, lo habían pagado con la violación y muerte de uno de los soldados. Aunque quizás no estaba tan cerca. La visión panorámica engañaba. Ya el hecho de que todo se viera tan pequeño indicaba que había distancias y que no se las podía calcular con el solo auxilio de la vista. La hora misma era una distancia. El pueblo dormía, mientras que la Remonta estaba en plena actividad, como si un lado fuera parte del sueño, el otro de la vigilia.

Los soldados, diminutos como juguetes, evolucionaban en formaciones que se hacían y deshacían sin detener por un instante la marcha. El prado era vasto, se extendía de los faldeos abruptos hasta las caballerizas, que brotaban de la tierra allá lejos, todo columnas y arcos. El césped, corto y parejo, brillaba con el rocío. Sobre ese fondo verde contrastaba el rojo y oro de los uniformes y el negro lustrado de los birretes. Quise calcular cuántos eran. Debían de estar cerca del millar. Cuando la formación hacía un cuadrado o un rectángulo, yo trataba de contar los de un lado y los del otro, y multiplicar. No llegaba a hacerlo porque la figura se disolvía, se separaba en triángulos, en filas que se separaban curvándose y se metían en el cuerpo principal, que a su vez se desgranaba en hileras escalonadas o en lo que parecía un círculo y se resolvía otra vez en rombos intercalados. No había tropiezos ni superposiciones, la complejidad de las figuras que formaban sobre el campo tenía una fluidez líquida, o aérea, como la de los estorninos. Noté que no había nadie dirigiéndolos. Y no parecía que fuera una coreografía de desfile aprendida. Ninguna mente humana retendría semejante partitura. Improvisaban, con la gracia de niños que casi eran. Sus rostros rosados de mofletes suaves mostraban esa concentración distraída de los que juegan siempre el mismo juego.

Aunque el espectáculo era absorbente, no podíamos permitirnos perder tiempo. Si queríamos alejarnos tendríamos que rodear la Remonta, lo que llevaría un buen rato y tendría que hacerse por un terreno inclinado. El bosque allí era tupido, lo que nos mantendría ocultos, pero por otro lado haría difícil la marcha. Me puse en movimiento sin más, arrastrando a la muchacha dormida.

El anillo boscoso en lo alto de la olla aislaba a la Remonta, que allá abajo seguía su rutina de mundo aparte. No la perdía de vista, para no perderme. La caminata entre los arboles tenía su encanto, sobre todo por el contraste con las monótonas llanuras peladas que habían sido hasta entonces el escenario de mis traslados. La depresión era artificial, había sido excavada a pico y pala, un trabajo colosal del ejército, y el monte había sido plantado árbol por árbol en la ladera y la orla superior. Más de un siglo debía de haber pasado desde entonces. Los troncos vetustos lo atestiguaban, las formaciones de helechos y líquenes vivos, el silencio pesado en el que se balanceaban las arañas. Las mentas que pisábamos exhalaban un olor intenso. La sombra era fría, el avance penoso sorteando raíces protuberantes y haciendo equilibrio en el suelo inclinado. Un obstáculo extra eran las vacas, inmóviles entre los árboles pero infranqueables y potencialmente amenazantes. Era difícil explicarse qué hacían ahí. Pensé en cortar y llevarme unos membrillos maduros que nos salían al paso. No los encontraría en otra parte, eran raros y los necesitaría en un futuro próximo. Con tanto dinero encima, no resistiría a la tentación de gratificarme con un buen whisky, de los que tomaba en mi etapa de hacer promesas de enmienda. Y la experiencia me había enseñado que un vaso llamaba a otro, y a otro más, con el consiguiente daño al hígado. Entonces me vendrían bien los membrillos, ya que su pulpa era la única sustancia capaz de regenerar las células hepáticas. A pesar de estas buenas razones me abstuve y los dejé donde estaban. Perdería tiempo cortándolos, y la carga me entorpecería la marcha, de por sí trabajosa por causa del maletín.

Un poco más allá sentí una presencia. La de las vacas ya me había hecho sentir que no estábamos solos, pero ésta era distinta, con aura humana. Di unos pasos extremando el cuidado de no hacer ruido. El instinto selvático se había apoderado de mí. Fue muy conveniente, porque a escasa distancia había un hombre. Estaba a un nivel más bajo que nosotros. Lo veía de espaldas. Si se hubiera dado vuelta nos habría visto, pero no había peligro de que lo hiciera porque se lo notaba concentrado en lo que pasaba en el campo de maniobras. Los movimientos de la cabeza mostraban que seguía cada desplazamiento de los soldados desde su escondite. Sacudí el brazo de la muchacha para llamarle la atención. Me llevé un dedo a los labios, y después con el mismo dedo le señalé al hombre. Se desorbitó. No necesité que me dijera nada para saber que era su padre.

Para ella debía de ser una visión del infierno, por más de una razón. En su mente seguramente había persistido la imagen del padre como el próspero comerciante que había sido, y se lo imaginaría refugiado en un hotel, esperando los fondos y acicalándose para enfrentar y ganar el proceso, defendido por el abogado implacable. Y lo que tenía ante sus ojos se parecía más a una bestia salvaje. La ropa desgarrada, en jirones, dejaba ver músculos ennegrecidos, los pies descalzos y embarrados, como garras, la maraña de pelo gris enredada. Y toda su actitud era la de una fiera al acecho.

Más todavía que su aspecto, la horrorizaba verlo allí. ¿No había tenido suficiente con un soldado? ¿No había aprendido la lección, después de hundir en el oprobio a su familia y llevar a la ruina la economía de una comunidad laboriosa y honesta? Si ya antes había merecido la calificación de monstruo, lo confirmaba y le quitaba todo rasgo humano esta reincidencia. Porque evidentemente estaba a la caza de una nueva víctima. A mí en cambio no me sorprendía. La tasa de reincidencia, según los diarios, era altísima, casi total. La excepción era yo, que había cometido un crimen no por una compulsión interior sino para procurarme la vida errante y feliz del fugitivo.

Aunque la prudencia nos ordenaba alejarnos, no pudimos sustraernos a la mórbida fascinación que emanaba de la escena. En ese momento se había producido algo, no supimos qué pero sentimos que el cazador lo había percibido: su cuerpo se había tensado, incorporándose a medias. El motivo no podía estar sino en los soldados en el prado, y hacia ellos dirigí la mirada. No parecía pasar nada especial. La marcha seguía, con la dinámica fluida del grupo, en un silencio que tenía algo de musical por las continuas ondulaciones de las filas e hileras (a esta altura yo había subido el cálculo: debían de ser cinco mil, no mil). Pero mirando bien, siguiendo en cierto modo la mirada del padre de la muchacha, aunque sólo le veía las chuzas erizadas de la nuca, noté una anomalía. Un soldado se desviaba de su fila, imperceptiblemente al comienzo, después apartándose más y más en dirección al borde arbolado, sin disminuir el ritmo de marcha. No lo hacía de modo consciente, sino en una distracción producida por el automatismo general del ejercicio, que debía repetirse hora tras hora y día tras día. Se confirmaba la esencia del sueño. A pesar de la distancia, que por otro lado disminuía a cada paso que daba el soldadito, veíamos su rostro infantil bajo el birrete, el rosa de las mejillas, el carmín de los labios húmedos, los ojos tan limpios como el cielo. Y bajo el uniforme ceñido sus miembros delicados, de niño grande. Se deslizaba sobre el césped como un autómata vivo, con movimientos que tenían algo de la gacela, algo del muñeco articulado. Una sonrisa flotaba en sus rasgos puros, porque sí.

Estos aislamientos del conjunto debían de darse de vez en cuando, y el cazador oculto lo sabía; no tenía más que esperar a que se produjera uno. Si la espera duraba eternidades, no tenía problemas en atravesarlas quieto y fijo; su naturaleza de fiera le daba toda la paciencia que necesitaba. Era uno de los beneficios, el más importante, de la perversión criminal: ocupaba tanto espacio en la mente que no dejaba lugar para nada más, y de eso resultaba en que no hubiera tareas pendientes y uno pudiera dedicarse enteramente, en cuerpo y alma, a lo que hacía.

A través de estas visiones se nos hizo patente el horror de lo que estaba por suceder. El temblor de la muchacha se acentuó, y no era para menos. Si bien no había albergado dudas sobre la culpabilidad de su padre, verlo en el terreno de la culpa era otra cosa, tanto más porque estaba a punto de demostrar con sangre la verdad de su culpa. Abrió la boca como si fuera a gritar, pero se lo impedí; todavía conservaba pleno imperio sobre ella. Me miró, suplicante. Quería hacer algo, cualquier cosa, un grito, una piedra, que alertara al joven soldado o que asustara a su asesino. Aun compartiendo sus sentimientos de horror y compasión, supe que era inútil intervenir. Lo que tenía que pasar pasaría de todos modos. Bastaba ver esa cohorte innumerable de jóvenes soldados todos iguales para saber que uno menos no haría diferencia, probablemente no notarían su falta, y cuando los padres vinieran a visitarlo les dirían con plena convicción, real o fingida, que nunca lo habían tenido enrolado en sus cuerpos, que ellos habían alucinado tener un hijo que en realidad no tuvieron, como era frecuente en parejas estériles. Y por más que no les gustara tendrían que rendirse a la evidencia.

La muchacha dormía a mi lado, profundo, confiada, como sólo puede hacerlo un niño. Cuando la despertaran los pájaros, con la primera luz, no me vería, yo ya la habría dejado, para eso me estaba poniendo los pantalones. Había estado tentado de postergar unos días mi desaparición, pero la apuré para que ella no quedara lejos de su pueblo y su casa y pudiera volver en el día. Me imaginé cómo seguiría su vida, cómo haría para sobrevivir en un medio hostil, donde sus únicos amigos serían los caparazones paleozoicos. Su destino podía ser cruel, pero en las dificultades encontraría el estímulo para inventarse y reinventarse, y descontar el retraso madurativo que la aquejaba.

Para aliviarle el futuro inmediato me llevé el maletín con la plata. De ese modo ella podía echarle la culpa del robo a otro, lo que en el fondo sería verdad, y no hay como la verdad para hacer pasar una mentira. Más importante: sin la plata el abogado eficaz no entraría en acción, el padre iría a la cárcel de por vida, si es que lo atrapaban, y ella no tendría que convivir con él. La madre misma agradecería la desaparición del dinero. Y a mí podía servirme.

Partí bajo las estrellas, otra vez en marcha, la Operación Fugitivo volvía a ponerse en movimiento, y yo seguía el curso de los arroyos que regaban el suelo de la provincia. Dejaba atrás lo sucedido, con una sonrisa de triunfo –no por lo que había hecho, sino por poder dejarlo atrás. Antes no podía darme el lujo de abandonar los hechos. Ése había sido uno de los principales dones que me dio la fuga. En mi vida anterior vivía preso de los acontecimientos, y si quería alejarme de ellos montado en el tiempo, los hechos se arrastraban tras de mí como esas pesadas bolas de hierro que les sujetan a los tobillos a los presidiarios.

Y había más en materia de beneficios: antes yo evitaba como la peste los episodios intercalados en la trama principal de mi vida. No sé qué ceguera me hacía creer que mi existencia debía mantener la pureza de un relato unitario, sin interferencias. El breve amorío de cuarenta y ocho horas con la muchacha habría sido impensable en mi vida anterior: habría durado cuarenta y ocho años, o nada, más bien nada, me habría hecho a un lado antes de que empezara. En mi papel de fugitivo, todo era episodio intercalado, saltaba de uno a otro sin transición, como un árbol todo ramas y sin tronco.

La euforia implícita en estas comprobaciones no se sostuvo. Con el paso de los días empecé a sentir que el impulso decaía, el paso se hacía más lento, los paisajes tardaban más en quedar atrás. Si este estado de cosas persistía, no estaba lejos el momento de volver a verme en la ciénaga del sedentario, el paralizado, el hombre tótem. Una prolongada experiencia en fracasos autoinfligidos hizo que me culpara. Con lo que no conseguí más que empeorar las cosas. Empezaron a asaltarme tristezas horarias. La del despuntar el día por ejemplo, cuando el suave canto del boyero era el primer sonido. Mis trayectos de pueblo en pueblo me iban enseñando las cosas del campo, que hasta entonces me habían sido ajenas. Les había encontrado, o inventado, una analogía con los días de lluvia, cuando no podía salir y miraba la calle por la ventana, descorazonado. Así era el campo en mi imaginación: un lugar donde no se podía hacer nada salvo mirar a la ciudad a través de un cristal que era la distancia. Poco a poco mi peregrinación de fugitivo me fue haciendo cambiar de idea, con la acumulación progresiva de datos, algunos tan pequeños como el que aportaba ese insignificante pajarito. Emitía una sola nota, sostenida dos o tres segundos, y callaba hasta el día siguiente. De haber alguna construcción humana cerca cuando lo oí las primeras veces, lo habría tomado por uno de esos «bips» electrónicos de un aparato. Un tractorista al que le pregunté me dijo que era el boyero, el arlequín madrugador de la pradera.

Humilde soñador. Pero ¿por qué ese afán de adelantarse a todos los demás? ¿Y cuál era la información que aportaba? ¿Que la noche se terminaba, o que empezaba el día?

Nadie es tan humilde. Las gallaretas de los bañados, con sus vuelos rasantes, los caballitos de polo, el gran cardo morado, las tibias tardes que invitaban al descanso, todos los seres y las cosas se hinchaban del orgullo de ser los primeros. La hora misma lo hacía.

En el hoyo de un monte, recostado en la hierba con el maletín como almohada, dejaba pasar el tiempo. O bien me sacudía la modorra y seguía el rastro de las libélulas atolondradas, sabiendo que donde fueran ellas había agua, agua donde ahogar mi desconsuelo.

La alarma tocó su nivel más alto cuando en un pueblo ferroviario no encontré nada que despertara mi interés o curiosidad; aunque seguramente algo debía de haber. Encerrado en un cuarto de pensión donde me había alojado bajo nombre falso y supuesta profesión de Inspector de Vialidades, me preguntaba qué me estaba pasando. ¿Acaso había perdido el miedo a la cárcel?

¡No! De sólo pensarlo me recorrieron escalofríos como relámpagos de fuego helado en el espacio negro donde vivían mis vísceras. Examiné el miedo, para asegurarme (y porque no tenía otra cosa que hacer). Me puse a prueba viéndome con los ojos de la imaginación en una celda con dos pares de literas, compartiendo mis días interminables con tres convictos malolientes, de habla vulgar mechada de términos soeces, sin poder cerrar la puerta cuando iba al sórdido retrete a hacer mis necesidades, comiendo una pasta gris con una cuchara torcida... Con eso me alcanzó. El terror sagrado seguía en su lugar.

Pero entonces, si el combustible que movilizaba mi fuga estaba intacto, ¿qué era lo que fallaba?

Cuando lo supe lo encontré tan obvio que no haberlo visto antes me hizo dudar de mi inteligencia, como si se hubiera producido una identificación con los tres convictos de la proyección anterior, que debían de tener un cociente intelectual nulo, para haber caído en manos de la Ley. El problema se debía, simplemente, a la pérdida del interés del público y a la disminución de los esfuerzos de la policía. No podía esperarse otra cosa. La rotación de las noticias en los medios era rápida, nunca se estacionaba mucho tiempo en un caso. El mío había provocado una conmoción importante, y yo, como suele decirse, me dormí en los laureles. Si me hubiera quedado frente al televisor en lugar de salir a fatigar los caminos provinciales habría visto que a la semana ya estaban dilucidando otro crimen, quizás más truculento que el mío, con más detalles misteriosos en los que hincar el diente del interés. El espectro del Mal es tan amplio y variado, la combinatoria de víctimas y victimarios se juega en tantos grados de lo humano, que siempre habrá novedades, siempre podrá esperarse una superación, un récord. Lo mío ya había sido deglutido y digerido, y estaba maduro para el olvido. Desaparecí de las noticias, y eso significó que perdí rango en las prioridades de la policía, muy agradecida pues ya bastante trabajo tenía con los asuntos candentes para ocuparse de los del archivo. Este estado de cosas se filtró hasta mí por los canales capilares de la sociedad. No sabía a qué se debía, pero lo sentí. No puede extrañar que me desalentara, y con razón: huir sin que a uno lo persigan es absurdo, cosa de locos, como hablar solo.

Al tomar conciencia de lo que había pasado, los signos me saltaron a la vista. Los afiches con mi cara y la palabra «Buscado» ya eran reliquia. Aun los que no estaban al aire libre se habían puesto amarillentos, casi marrones, quebradizos. Los que habían quedado afuera, a merced del Sol y las lluvias, estaban a la miseria, además de haber sufrido el vandalismo habitual de todo cartel callejero, jirones arrancados, grafitis procaces, bigotes o cuernos. Yo mismo arranqué uno, para mirarlo al trasluz y ver si tenía marca de agua. ¡Qué iba a tener! Era papel barato, de repartición pública, de nula resistencia a las inclemencias del tiempo.

Con el cartel en la mano, miraba mi foto, descolorida, sucia. ¿Ése era yo? No me reconocía, aunque no me quedaba más remedio que hacerlo. Había llegado a los mayores extremos para cambiar de vida, pero para apreciar el cambio y sacarle el jugo de libertad que pretendía mamar debía seguir siendo el mismo, y al serlo mi vida seguía aferrada a mí, como una idea obsesiva.

Una idea, justamente, era lo que necesitaba en ese momento, una idea brillante con la que reanimar mi fuga. A priori, dudé de que se me ocurriera. Las ideas, esas caprichosas ardillitas cerebrales, llegan a la superficie de la conciencia por caminos enroscados con mil vueltas, de ahí su característica impuntualidad: uno las tiene cuando no las necesita, y cuando las necesita brillan por su ausencia. Para no hacerles el juego yo me había pasado al campo de la improvisación, donde se actúa a los ponchazos, sin pensar mucho, mejor dicho nada, y tan mal no me había ido.

Debió de ser por el descanso que les había dado a ellas y a mi inventiva, que me cayó del cielo una idea excelente. La contemplé admirado de mí mismo. Era como un conejillo gracioso recién salido del vientre de la vieja coneja moribunda. Era tan simple como eficaz, una cosa por la otra. Y cuando analicé sus implicaciones, me pareció mejor todavía. Consistía en hacer algo que todos se resisten a hacer, y en el predicamento en que me encontraba yo suena casi impensable: pagar los impuestos.

En efecto, yo estaba inscripto en Ganancias, y dado que había dejado de pagar desde que me diera a la fuga, las cuotas atrasadas, las retenciones y las multas por mora debían de haber sumado bastante. Ya se sabe que el Fisco es insaciable, y la deuda con él no termina de pagarse nunca. Hice el cálculo y pude comprobar que el monto era exorbitante. Cualquiera se habría negado a pagar, o habría pedido facilidades; yo mismo lo habría hecho, y me habría llenado la boca clamando contra el Estado expropiador. Pagar todo eso de una vez y sin protestas tenía que llamar la atención. Yo podía hacerlo, porque el maletín contenía lo suficiente, y usar ese dinero para pagar impuestos era darle un fin más decente que pagar a un abogado para que hiciera absolver a un peligroso criminal. Los impuestos se traducen en rutas, hospitales, escuelas, y sueldos a médicos, maestros, policías y operadores culturales, entre otros. Aunque debo confesar que no me movía tanto eso como el beneficio personal que esperaba obtener.

La red digital con la que el Fisco vigilaba y perseguía a los contribuyentes detectaría de inmediato el pago, lo relacionaría con mi persona, y lo haría público. Nada podría llamar tanto la atención como esto: que un prófugo buscado por la justicia, un criminal que hasta el momento había logrado burlar a los sabuesos de la Federal tanto como a los de Interpol, pagara los impuestos cuando nadie los pagaba, o los pagaban obligados y a regañadientes. Montado en el pavoroso enigma mi nombre volvería a las primeras planas y al horario prime time de la televisión, mi foto llenaría las pantallas, hasta en las columnas de los analistas políticos se discutiría el caso, que daría pie a una reconsideración general del tema tributario. Y la presión periodística obligaría a las fuerzas del orden a desplegarse tras de mí, a poner en mi busca el empeño encarnizado que habían venido perdiendo y que yo necesitaba para gozar de la plena libertad de escaparme.

Eufórico de impaciencia, atravesé ese amanecer que había parecido una barrera infranqueable y llegué a la ciudad siguiente junto con el horario bancario. Por suerte recordaba mi clave fiscal alfanumérica, así que no tuve más que entrar a un banco y hacer el depósito.

*14 de octubre de 2019*

Papel certificado por el Forest Stewardship Council®